暖暖

蔡智恆

1.

「嘿，我叫暖暖。你呢？」

認識暖暖是在 2004 年某次海峽兩岸的學生夏令營活動中。
這夏令營的詳細名稱我忘了，只記得有類似「文化尋根」的關鍵字。
那時我剛通過碩士論文口試，辦離校手續時在學校網頁看到這活動。
由於我打算休息一個月後才要投入職場，索性報了名。
跟本校學弟妹和其他三所學校的大學生或研究生，一同飛往北京。
北京有四所學校的大學生正等著我們。

這個活動為期八天七夜，活動範圍都在北京附近。
四個老師（台灣北京各兩個）領隊，帶領這群五十人左右的學生。
老師們的年紀比我們大不了多少，而且我們也算是大人了，
所以他們只是象徵性負責行程安排等雜務，不怎麼管理我們。
雖然萬一出了事他們得負責，但緊張的反而是我們。

初見面時，正是準備用晚餐的時分。
老師們彼此說些一路上辛苦了、還好還好、您請坐、不不不您先請、
千萬別客氣之類的客套話；但所有學生的臉皮都是緊繃著。
如果你曾睡過很沉的覺，你應該知道剛睡醒時臉皮幾乎沒有彈性。
沒錯，就是那種缺乏彈性的緊繃感瀰漫在所有學生的臉上。

全部的人坐成六桌，上了第一道菜後兩分鐘內，沒人動筷子。
老師們殷勤勸大家舉筷，學生們則很安靜。
我坐的桌子沒有老師，同桌的學生不僅安靜，恐怕已達肅靜的境界。
就在隔壁桌的北京老師勸了第三次「大家開動啊別客氣」的時候，

坐在我左手邊的女孩開了口，順便問我的名字。

「嘿，我叫暖暖。你呢？」

『我叫涼涼。』

我一定是緊張過了頭，脫口說出這名字。

如果你是我父母或朋友或同學或認識我，你就知道這不是我名字。

「你說真格的嗎？」她的語氣很興奮，「我叫暖暖，你叫涼涼。

　真巧。」

暖暖笑了笑，成為最早恢復臉部肌肉彈性的學生。

「同志們，咱們開動吧。」

說完後暖暖的右手便拿起筷子，反轉筷頭朝下，輕輕在桌上敲兩聲；

再反轉筷頭朝上，指頭整理好握筷的姿勢，然後右手往盤子伸直。

暖暖的動作輕，而且把時間拉長，似乎有意讓其他人跟上。

就像龜縮在戰壕裡的士兵看到指揮官直起身慷慨激昂高喊：衝啊！

於是紛紛爬出戰壕，拿起筷子。

暖暖夾起菜到自己的碗上空時停頓一下，再右轉90度放進我碗裡。

「這菜做得挺地道的，嚐嚐。」她說。

『這是？』我問。

「湖北菜。」

其實我只想問這看起來紅紅軟軟的是什麼東西,但她既然這麼回答,
我只好又問:『妳怎麼知道是湖北菜?』
「你問的問題挺深奧的。」她回答,「外頭餐廳的招牌上有寫。」

看來我問了個蠢問題,如果要再開口,得問些真正深奧的問題。
我知道「地道」的台灣說法是「道地」,台灣有很多美食節目說過。
所以我不問地道這說法,是否因為對日抗戰時為躲避日機轟炸,煮菜
只得在地道內,於是菜裡有一股堅毅不撓的香味象徵民族刻苦耐勞、
奮戰不屈的精神,演變到後來稱讚菜做得很實在便用「地道」形容?

想了一下後,我開口問的深奧問題是:
『妳是湖北人嗎?』
「不是。」暖暖搖搖頭,「我是黑龍江人,來北京念大學。」
『果然。』我點點頭。
「咋了?」

『妳說妳是黑龍江人,對吧?』
「嗯。」
『這裡是北京,應該在河北境內。沒錯吧?』
「沒錯。」
『妳沒到過湖北吧?』
「沒去過。」
『那妳怎麼會知道這裡的湖北菜很道地——不,很地道呢?』

「這個問題也挺深奧的。」暖暖停住筷子,遲疑了一會,再開口說:
「我是聽人說的。」

『啊?』

「畢竟你們是從台灣來的,我算是地主,總得硬充一下內行。」
暖暖說完後笑了笑。

我的緊張感頓時消失了不少。

學生們的臉皮似乎已恢復彈性,夾菜舀湯間也會互相點頭微笑。

「對了,我姓秦。」暖暖又開口說,「你呢?」

『我姓蔡。』

「蔡涼涼?」暖暖笑出聲,「涼涼挺好聽,但跟蔡連在一起就……」

『再怎麼閃亮的名字,跟蔡連在一起都會失去光芒。』

「不見得唷。」

『是嗎?』

「菜涼了就不好吃了,要趁熱吃。你的名字挺有哲理的。」她笑說,
「你父親大概是希望你做人要把握時機、努力向上。」

『那妳叫暖暖有特別的涵義嗎?』我問。

「我父親覺得天冷時,暖暖、暖暖這麼叫著,興許就不冷了。」

『妳的名字比較好,不深奧又有意境。』

「謝謝。」暖暖笑了。

我開始感到不安。因為我叫涼涼可不是說真格的,而是說假格的。
沒想到剛剛脫口而出的「涼涼」,會有這麼多的後續發展。
幾度想告訴暖暖我不叫涼涼,但始終抓不住良心發現的好時機。
「咋停下筷子呢?」暖暖轉頭對著我說,「快吃唄。」

這頓飯已經吃了一半,很多人開始聊天與談笑。
跟剛入座時的氣氛相比,真是恍如隔世。
暖暖和我也閒聊起黑龍江很冷吧台灣很熱吧之類的話題。
聊著聊著便聊到地名,我說在我家鄉有蒜頭、太保、水上等地名。
『我老家叫布袋。』我說。
「就是那個用來裝東西的布袋?」暖暖問。
『沒錯。』
「這地名挺有趣的。」

『台灣也有個地方叫暖暖喔。』我用突然想起某件事般的口吻說。
「你說真格的嗎?」
『這次絕對真格,不是假格。』
「這次?假格?」
『沒事。』我假裝沒看見她狐疑的眼光,趕緊接著說:
『暖暖應該在基隆,有山有水,是個很寧靜很美的地方。』
「你去過嗎?」
『我也沒去過暖暖。』我笑了笑,『這次該輪到我硬充內行了。』

「怎麼會有地方取這麼個溫雅賢淑的名字呢？」

『說得好。暖暖確實是個溫雅賢淑的名字。』

「多謝誇獎。」暖暖笑了笑。

『不客氣。我只是實話實說。』

「可以再多告訴我一些關於暖暖這地方的事嗎？」

『就我所知，清法戰爭時，清軍和民兵曾在暖暖隔著基隆河與法軍
　對峙，阻止法軍渡河南下攻進台北城。』我想了一會後，說。

「後來呢？」

『法軍始終過不了基隆河。後來清法議和，法軍撤出台灣。』

「還有這段歷史呀。」

『嗯。』我點點頭，『滿清末年難得沒打敗仗，這算其中之一。』
　暖暖也點點頭，然後陷入沉思。

「真想去看看那個有著溫馨名字的地方。」過了幾分鐘，她又開口。

『很好啊。』

「那是個什麼樣的地方呢？我真想看。」

『非常好。』

「我是說真格的。」

『我知道。』

「這是約定。」

『啊？我答應了什麼嗎？』

「總之,」暖暖的臉上帶著古怪的笑容,「我一定要去暖暖瞧瞧。」

我看了看她,沒有答話,試著體會她想去暖暖的心情。

我知道她應該不是那種你不帶我去,我就死給你看的任性女孩;

更不是那種你不帶我去,你就死給我看的凶殘女孩。

也許她口中的約定,只是跟她自己約定而已。

飯局結束後,我們來到一所大學的宿舍,往後的七個晚上都在這裡。

因為這頓飯比預期多吃了一個鐘頭,又考慮到台灣學生剛下飛機,

所以取消預定的自我介紹,將所有學生分成六組後就各自回房歇息。

取消自我介紹讓我鬆了口氣,因為我可不能跟大家說我叫蔡涼涼。

四個人一間房,男女分開(這是無可奈何的當然)。

不過在分房時,還是引起一陣小騷動。

台灣學生的姓名,清一色是三個字。

以我來說,小學、國中、高中、大學、研究所,

沒碰過兩個字的同學。

但北京學生的姓名,竟然多數是兩個字。

男的名字還算好辨認,有些女孩的名字就很中性甚至偏陽性了。

有位台灣女孩發現同寢的室友叫岳峰和王克,吃了一驚才引起騷動。

「你能想像一個溫柔端莊的姑娘叫岳峰嗎?」

叫岳峰的女孩帶著悲憤的語氣說。

至於王克，則是個身材嬌小的清秀女孩。
岳峰和王克，都是令人猜不透的深奧名字。

學生們開始研究起彼此的姓名，有人說三個字好聽、兩個字好記；
也有人說兩個字如果碰到大姓，就太容易撞名了。
聊著聊著便忘了回房，老師們催說早點歇息明天要早起之類的話。
回房的路上剛好跟暖暖擦身，「涼涼，明天見囉。」她拎個袋子說。
旁人用狐疑的眼光看我，我心想叫涼涼的事早晚會穿幫。

同寢室友一個是我學校的學弟，另兩個是北京學生，叫徐馳和高亮。
徐馳和高亮這種名字就不深奧了。
由於我比他們大兩歲左右，他們便叫我老蔡，學弟也跟著叫。
我們四人在房裡打屁開聊，北京的用語叫砍大山。
我掛心涼涼會穿幫的事，又覺得累，因此砍一下休息兩下，
有一搭沒一搭地砍。

閉上眼，告訴自己這裡是北京、我在北京的天空下、我來到北京了。
為了給北京留下初次見面的好印象，我可千萬別失眠。
不過我好像多慮了，因為沒多久我便迷迷糊糊睡著了。

2.

「挺美的。」凝視連理樹一會後，暖暖說：「不是嗎？」

『美是美，但應該很寂寞。』

「寂寞？」

『因為在宮廷內見證不到純真愛情，所以只好一直活著。』

「呀？」

『如果有天，世上的男女都能以純真的心對待彼此，又何需連理樹
  來提醒我們愛情的純真？到那時連理樹就可以含笑而枯了。』

第二天一早，用過早飯後，大夥出發前往紫禁城。

同行的北京學生都是外地來北京念書的學生，他們到北京的一件事，幾乎都是逛紫禁城，因此他們對紫禁城熟得很。

老師們只說集合時間和地點，便撒手讓北京學生帶著台灣學生閒逛。

剛走進午門，所有學生的第一反應，都是學起戲劇裡皇帝勃然大怒：

推出午門斬首！

雖然也有人解釋推出午門只是不想污染紫禁城，實際刑場在別處。

但不可否認午門給人的印象似乎就只是斬首而已。

如果是我，我的第一反應是：

咦？怎麼沒經過早門，就到午門了呢？那下個門是否就是晚門？

不過我本來就不是正常的人，所以不要理我沒關係。

「涼涼，原來你在這兒。」暖暖跑近我，「快！我看到你家了！」

『什麼？』雖然我很驚訝，但還是跟著她後面跑。

跑了三十幾步，暖暖停下腳步，喘口氣右手往前指：「你家到了。」

順著她的手勢，我看到一個中年男子正拿著灰白色的布袋裝東西。

轉過頭看暖暖，她右手撫著肚子，一副笑到肚子疼的樣子。

『非常好笑。』我說。

「等等。」她笑岔了氣，努力恢復平靜，但平靜幾秒後，又開始笑。

「再等等……」

看來暖暖似乎也不太正常。

雖然暖暖漸漸停止笑聲，但眼中的笑意短時間內大概很難散去。

我想她現在的心情很好，應該是我良心發現的好時機。

穿過金水橋，我們像古代上朝的官員一樣，筆直往太和殿的方向走。

走著走著，我清了清喉嚨說：『跟妳說一件事。』

「有話就直說唄。」

『其實我不叫涼涼。』

「啥？」

『說真的，我不叫涼涼。』

暖暖眼中的笑意慢慢散去，取而代之的是疑惑不解，然後是埋怨。

「連名字都拿來開玩笑，你有毛病。」

『Sorry。』

「幹嘛講英文？」

『台灣的用語在這時候通常是說對不起，我不知道北京是否也這麼

　說，只好說英文了。』

「你病傻了嗎？」暖暖差點笑出聲，「當然是一樣！」

我也覺得有點傻，傻笑兩聲。

「喂，你還沒告訴我，為什麼你要說你叫涼涼？」

『一聽到暖暖，我的第一反應就是涼涼。』

「嗯？」

『因為冬暖夏涼。』

「同志。」暖暖的眼神很疑惑，「你的想法挺深奧的。」

『如果妳問我 AB 的弟弟是誰？』我試著解釋我的深奧想法，
『我會回答 CD。』

「啥？」暖暖的眼神更疑惑了。

『就像我一聽到陳水扁這名字，直覺想到他家一定有五個兄弟。』

「五兄弟？」

『金木水火土。陳金扁、陳木扁、陳水扁、陳火扁、陳土扁。他們家
　照五行排行，陳水扁排行老三。』

「照這麼說，達芬奇排行老大而且還有個弟弟叫達芬怪囉。」

『達芬奇是誰？』

「你不知道？」暖暖眼睛睜得好大，「就畫蒙娜麗莎那個。」

『喔。』我恍然大悟，『台灣翻譯成達文西，他不是老大而是老二，
　因為達文東、達文西、達文南、達文北。』

「所以翻譯名字不同，兄弟就少了好幾個？」

『看來是這樣。』

暖暖不再回話，緩緩往前走。我跟在後頭，心裡頗為忐忑。

過了一會，暖暖回頭說：「別悶了。我說個笑話給你聽。」

『嗯。』

「公交車上擠滿了人，有個靚女不留神踩了個漢子一腳，靚女轉頭
　慢慢地說：先生，我 Sorry 你。結果你猜那漢子咋說？」

『他說什麼？』

「他眼睛瞪得老大說：啥？你 Sorry 我？我還 Sorry 你全家咧！」

說完她便笑了起來，我也陪著笑兩聲。

暖暖先學靚女嗲聲嗲氣，後學漢子扯開粗啞嗓子的表演很生動有趣。

「你讓我說一句，我就原諒你。」暖暖停止笑聲後，說。

『沒問題。』

「你剛說Sorry……」暖暖似乎憋住笑，「我Sorry你全家。」

『非常榮幸。』

「梁子算揭過了，」她笑著說，「但我以後還是偏要叫你涼涼。」

『好啊。』

「那就這麼著，以後你的小名就叫涼涼。」

我點了點頭，笑了笑。跟上她，一起往前走。

到了太和殿前的寬闊平台，有學生朝我們招手，喊：「來合個影！」

我和暖暖快步跑去，在太和殿下已有十幾個學生排成兩列。

準備拍照時，我伸出雙手的食指和中指各比個V，暖暖很好奇。

『台灣學生的習慣要嘛比V耍帥；要嘛攤開拇指和食指托住下巴，
　或用指頭抵著臉頰，哪一個指頭都行，這叫裝可愛。』

我話剛說完，拍照的同學喊「茄子」，在一片茄子聲中，閃了個光。

問了暖暖為什麼要說茄子？

得到的答案就像在台灣要說Ｃ一樣，都是要人露齒微笑而已。

我和暖暖走進太和殿，這是皇帝登基的地方，得仔細看看。

殿內金磚鋪地，有六根直徑一米的巨柱，表面是瀝粉貼金的雲龍圖。

龍椅和屏風即在六根盤龍金柱之間，安置在兩米高的金色台基之上。
看著那張金色龍椅，數龍椅上是否真有九條龍，數著數著竟出了神。
「想起了前世嗎？」暖暖開玩笑問。
『不。』我回過神，說：『我的前世在午門。』
「你這人挺怪。」暖暖笑著說。

走出太和殿後，我還是跟著暖暖閒晃。
暖暖的方向感似乎不好，又不愛看沿路的指標，常常繞來繞去。
別人從乾清宮走到養心殿，我們卻從養心殿走到乾清宮。
「唉呀，不會走丟的，你放心。」她總是這麼說。
一路上暖暖問起台灣的種種，也問起我家裡狀況。
我說我在家排行老二，上有一姊，下有一妹。

「有兄弟姊妹應該挺熱鬧的。不像我，家裡就一個小孩。」暖暖說。
『可是我老挨打耶。』
「咋說呢？」
『當孩子們爭吵，父親有時說大的該讓小的，我就是被打的大的；但
　有時卻說小的要聽大的，我卻變成被打的小的。所以老挨打。』
「會這樣嗎？」

我嘿嘿兩聲，接著說：
『人家說當老大可以培養領導風格，老么比較任性，但也因任性所以
　適合成為創作者。至於排行中間的，由於老是挨打，久而久之面對

　棍子就會說打吧打吧，打死我吧，因此便學會豁達。』
「豁達？」暖暖不以為然，「那叫自暴自棄。」
『但也有一些排行中間的人很滑溜，打哥哥時，他變成弟弟；打弟弟
　時，他卻變成哥哥。這些人長大以後會成為厲害角色。』
「是嗎？」
『例如五兄弟排行老三的陳水扁，就是這種變來變去的厲害角色。』

「淨瞎說。」過了一會，暖暖吐出這句話。
『不知道妳還要帶我繞多久才可以離開紫禁城，不瞎說會很無聊。』
「喏，御花園到了。」她指著前方，「穿過御花園就到神武門，
　出了神武門就離開紫禁城了。」

從踏入紫禁城到現在，覺得世界的形狀盡是直、寬、廣、方，
沒想到御花園是如此小巧玲瓏、幽雅秀麗。
園內滿是疊山石峰、參天古木、奇花異草和典雅樓閣，
腳底下還有彎彎曲曲的花石子路。
我和暖暖在御花園的花木、樓閣、假山間悠遊，還看到連理樹。
這是由兩棵柏樹主幹連結在一起，彷彿一對戀人含情脈脈緊緊擁抱。
一堆人在連理樹下照相，而且通常是一男一女。
暖暖說這連理樹有四百多歲了，是純真愛情的象徵。

「挺美的。」凝視連理樹一會後，暖暖說：「不是嗎？」
『美是美，但應該很寂寞。』

「寂寞？」

『因為在宮廷內見證不到純真愛情，所以只好一直活著。』

「呀？」

『如果有天，世上的男女都能以純真的心對待彼此，又何需連理樹
　　來提醒我們愛情的純真？到那時連理樹就可以含笑而枯了。』

「你熱暈了嗎？」暖暖仔細地打量我，「待會我買根冰棍請你吃。」

呼，確實好熱。

七月的北京就像台灣一樣酷熱，更何況還走了一上午。

穿過神武門後，我又一個勁往前走，暖暖在背後叫我：

「涼涼！你要去哪？想學崇禎皇帝嗎？」

『崇禎？』我停下腳步，回頭發現暖暖出神武門後便往右轉。

「李自成攻入北京時，崇禎便像你那樣直走到對面景山自縊身亡。」

暖暖笑了笑，朝我招招手：「快過來這兒，別想不開了。」

『好險。』我走回暖暖身旁說。

這裡有超過五十米寬的護城河，我們在護城河邊綠樹蔭下歇息。

暖暖買了兩根冰棍，遞了一根給我。

學生大多走出來了，三三兩兩地開聊、拍照或是喝冷飲。

我和她邊吃冰棍邊擦汗，我說台灣有個地方叫天冷，冰棒特別好吃。

『冰棒就是你們說的冰棍啦。』我特地補充說明。

「冰棒我聽得懂。」暖暖微微一笑，笑容有些古怪。

「嘿，啥時候帶我去暖暖瞧瞧？」暖暖說。

原來我剛說天冷時，又讓暖暖想起了暖暖。我想了一下，說：

『大約在冬季。』

「這首歌前些年火得很，幾乎都成了國歌。」

正準備回話時，徐馳朝我走過來，喊了聲：「老蔡！」

徐馳手裡拿了台數位相機，說：「也給你們倆來一張。」

我和暖暖以城牆為背景，彼此維持一個風起時衣袖剛好接觸的距離。

準備拍照時，我比了兩個Ｖ，暖暖叫我裝可愛，我說我老了不敢。

徐馳喊一、二、三、茄子，暖暖也開口說茄子。

我抓住那瞬間喊：芭樂。

「你說啥呀。」暖暖撲哧笑了出聲。

徐馳快門一按，似乎湊巧抓住了那瞬間。

暖暖急忙跑過去，看了看相機內的影像後，緊張地說：

「不成！你得把這張刪了。」

我也跑過去，看到剛好捕捉到暖暖撲哧笑容的影像，她的笑容好亮。

我突然想到昨晚聽到的「靚」這個字。

「靚」這個字在台灣唸「靜」的音，在北京卻唸「亮」的音。

所謂的靚女注定是要發亮，看來這個字唸「亮」是有幾分道理。

「我給你一根冰棍，你把它刪了。」暖暖對徐馳說。

『我給你兩根，不要刪。』我也對徐馳說。

「咱們是哥兒們。」徐馳拍拍我肩膀，「我死都不刪。」

我虎目含淚，緊緊握住他雙手，灑淚而別。

「你幹嘛不讓刪？」暖暖有些抱怨，「我嘴巴開得特大，不端莊。」

『怎麼會呢？那是很自然、很親切的笑容，總之就是一個好字。』

「又瞎說。」

『妳看。』我對著她，『我眼睛有張開，所以是明說，不是瞎說。』

暖暖正想開口回話時，聽到老師們的催促聲，催大家集合。

學生們都到齊後，全體一起照張相，便到附近的飯館吃飯。

分組果然有好處，吃飯時就按組別分桌，不必猶豫懷疑。

我和暖暖同組，同桌的學生也大致認識了，吃起飯來已經不難。

這頓飯吃水餃、餛飩再加上點麵食，天氣熱我胃口不好，沒吃多少。

飯後要去逛北海，北海是皇家御苑，就在紫禁城西北方，很近。

前門西側有座圓形團城，團城上承光殿內北面的木刻雕龍佛龕內，

供奉一尊高約一米五，由整塊白玉雕刻而成的釋迦牟尼佛坐像。

玉佛潔白無瑕，可惜左臂有一道刀痕，是八國聯軍所為。

我猜是因為八國都想要，於是想把玉佛切成八塊，但是沒有成功。

可見玉佛是絕美的藝術品，讓人在殺人放火之餘還可考慮公平分配。

承光殿前有個藍琉璃瓦頂的亭子，亭中擺放一個橢圓形玉甕。
玉甕是墨綠色帶有白色花紋，高七十公分，周長五米，簡直像浴缸。
浴缸是玉缸，玉缸像浴缸，道是浴缸卻玉缸，怎把玉缸當浴缸。
好繞舌。

北京李老師說這是元世祖忽必烈入主北京後，為大宴群臣犒賞將士，
令工匠開採整塊玉石再精雕細刻而成，作為酒甕，可盛酒三十幾石。
白紋勾勒出洶湧波浪、漩渦激流，張牙舞爪的海龍上半身探出水面；
又有豬、馬、犀牛等遍體生鱗的動物，像是神話裡龍宮的獸形神怪。
整體雕刻風格顯現出游牧民族剽悍豪放的氣魄。

「乾隆年間對玉甕修飾了四次，由於元、清的琢玉技法、風格不同，
　因此可以區分修飾過的差異。」李老師說，「大家看得出來嗎？」
大夥仔細打量這玉甕，議論紛紛。暖暖問我：「你看得出來嗎？」
『當然。』我點點頭，『元代雕刻的線條較圓，清代的線條較輕。』
「是嗎？」暖暖身子微彎，聚精會神看著玉甕。
『元代圓，清代輕。』我說，『這是朝代名稱背後的深意。』
暖暖先是一愣，隨即直起身，轉頭說：「明明不懂還充內行。」
我當然不懂，如果這麼細微的差異都看得出來，我早當米雕師了。

北海是湖，湖中有座瓊島，下團城後走漢白玉砌成的永安橋可直達。
瓊島上有座白塔，暖暖說這是北海的標誌，塔中還有兩粒舍利子。

登上白塔，朝四面遠眺，視野很好，可看到北京中心一帶的建築。
瓊島北面有船，可穿過湖面到北岸，同學們大多選擇上船；
但我想從東面走陟山橋到東岸，再繞湖而行。

暖暖說不成，現在天熱，萬一我熱暈了，又要說些如果世上的男女都
能以純真的心對待彼此，到那時北海就可以含笑而乾了之類的渾話。
『算命的說我這個月忌水。』我還是搖搖頭。
「還瞎說。」暖暖告訴身旁的人，「同志們，把他拉上船！」
兩個男同學一左一右把我架上船，暖暖得意地笑了。

下了船，一行人走到九龍壁。
九龍壁雙面都有九條大龍，而且壁面上有獨一無二的七彩琉璃磚，
我早在台灣的教科書課本上久仰大名。
我特地請徐馳幫我拍張獨照，我還是在九龍壁前比了兩個Ｖ。
「龍動了唷。」暖暖笑說。
我回過頭，色彩鮮豔的琉璃加上光的反射，還真有龍動起來的錯覺。

離開九龍壁，經過五龍亭，沿西岸走到西門，車子已在西門外等候。
上了車，打個盹後就回到睡覺的大學。（沒有侮辱這所大學的意思）
簡單洗把臉後，有個學者來上課，是關於故宮的文化和歷史方面。
課上得還算有趣，不是寫黑板，而是用power point放映很多圖片。
上完課後，還得補昨晚沒做的自我介紹。
老師們也希望台灣學生發表一下對北京或故宮有何感想。

自我介紹形式上的意義大於實質上的意義，因為同學們已經算熟了。

令我傷腦筋的，是所謂「感想」這東西。

我回想起在機場等待班機飛離台灣時，心裡裝滿興奮，裝不下別的。

飛到香港要轉飛北京前，在登機口看到「北京」兩字，

興奮感變透明，雖然存在，卻好像不真實。

北京這地名一直安詳地躺在我小學、中學甚至是大學的課本裡。

我常常聽見他的聲音，卻從未看過他的長相。

我無法想像一旦碰觸後，觸感是什麼？

這有點像聽了某人的歌一輩子，有天突然要跑去跟他握手。

握完了手，你問我感想是什麼？

我只能說請你等等，我要問一下我的右手。

如今我站在台上，說完自己的名字後，我得說出握完手的感想。

我能張開右手告訴他們：talk to this hand 嗎？

我只能說故宮大、北京更大，連中飯吃的水餃和餛飩都比台灣大。

『總之就是一個大字。』我下了結論。

「然後呢？」北京李老師問。

『因為大，所以讓人覺得渺小。』

「還有呢？」北京張老師問。

『嗯⋯⋯』我想了一下，『渺小會讓人學會謙卑。不過我本來就是個謙卑的人，而且五成謙、五成卑，符合中庸之道。但到了北京看完故宮，變為兩成謙、八成卑，有點卑過頭了。我應該再去看看一些渺小的事物才能矯正回來。』

全場像電影開場前的安靜。

『我可以下台了嗎？』等了一會，我說。

不等老師開口，全體同學迫不及待拍手歡送我下台。

『怎麼樣？』我坐回位子，轉頭問暖暖，『很令人動容吧？』

「總之就是一個瞎字。」暖暖說。

自我介紹兼感想發表會結束，便是令我期待已久的晚餐時分。

因為中午吃得少，晚上餓得快。

走進餐館前，我特地打量一下招牌，發現「渝菜」這個關鍵字。

我中學時地理課學得不錯，知道渝是重慶的簡稱，所以是重慶菜。

重慶在四川境內，應該和川菜頗有淵源。

川菜⋯⋯？

我開始冒冷汗。

我不太能吃辣，以前在台灣第一次吃麻辣鍋後，拉了三天肚子。

拉到第三天時，走出廁所，我終於領悟到什麼叫：點點滴滴。

「能吃辣嗎？」剛走進餐館，北京李老師便微笑詢問。

你看過撕了票、進了戲院，在電影還沒播放前就尖叫逃出來的人嗎？

『還行。』我只好說。

「那你會吃得非常過癮。」李老師又說。

我不禁流下男兒淚。

果不其然，第一道菜就讓我聯想到以色列的紅海。

湯上頭滿滿浮了一層紅色的油，我不會天真到以為那是蕃茄汁。

「嘿嘿。」暖暖笑了。

『笑什麼？』我問。

「據說能吃辣的人，看到辣臉會泛紅；不能吃辣的人，臉會發青。」

『妳想說什麼？』

「沒事。」她說，「我瞧你臉色挺紅潤的，由衷為你高興而已。」

說完後，暖暖又嘿嘿兩聲。

「請容許小妹跟您解說這道菜。」暖暖笑說：「將生魚肉片成薄片，
　用滾燙辣油一勺一勺地澆熟，這道菜就成了。」

『……』

「一勺一勺的唷。」她還加上手勢。

我試著拿起碗，但左手有些抖，碗像地震時的搖晃。

「請容許小妹替您服務。」她舀起幾片魚肉放進我的碗，淋上湯汁，

「嚐嚐。」

我夾起一片魚肉，在暖暖充滿笑意的眼神中吃下肚。

辣到頭皮發麻，感覺突然變成岳飛，已經怒髮衝冠了。

「感想呢？」她問。

『這⋯⋯在⋯⋯辣⋯⋯』我舌頭腫脹，開始口齒不清。

「請容許小妹幫您下結論。」她說，「魚肉辣、湯汁更辣，總之就是
　一個辣字。」

『這實在太辣了。』我終於說：『我不太能吃辣。』

「您行的，別太謙卑。多吃渺小的辣，您就會謙回來，不會太卑。」

第二道菜又是一大盤火紅，看起來像是盤子著了火。

紅辣椒佔多數，雞丁很少，正納悶是否現在辣椒便宜雞肉昂貴時，

暖暖已經盛了小半碗放我面前。只有兩小塊雞丁，其餘全部是辣椒。

「這是辣子雞，聽說辣椒才是主角，雞丁只是配菜。」她笑著說。

我不敢只吃辣椒，便同時夾塊雞丁和辣椒，辣椒上面還有一些小點。

才咬一口，我已經忘了椅子的存在，因為屁股都發麻了。

「別小看這小點，那是花椒。」她用筷子挑起紅辣椒上的小點，

「會讓你麻到群魔亂舞。」

這道菜既麻又辣，實在太黯然、太銷魂了。

「涼涼，你哭了？」暖暖說。

『民族依舊多難。』我擦了擦眼角，『實在令人感傷。』

「那再多吃點，養好精神才能報效祖國。」

『我不行了。』

「您行的。」

『暖暖，我錯了。饒了我吧。』

暖暖嘩啦嘩啦笑著，非常開心的樣子。

肚子實在餓得慌，我又勉強動了筷子。

『吃麻會叫媽，吃辣就會拉。』我說。

「你說啥？」暖暖問。

我想我已經辣到臨表涕泣，不知所云了。

『沒想到川菜這麼麻辣。』我要了杯水，喝了一口後說。

「這是渝菜。你若說渝菜是川菜，重慶人肯定跟你沒完。」

『原來渝菜不是川菜。』

「你若說渝菜不是川菜，那成都人肯定有兒大不由娘的委屈。」

『喂。我只是個不能吃辣又非得填飽肚子的可憐蟲，別為難我了。』

「其實是渝菜想自立門戶成為中國第九大菜系，但川菜可不樂見。」

『渝菜和川菜有何區別？』

「簡單說，川菜是溫柔婉約的辣，渝菜則辣得粗獷豪放。」

暖暖笑了笑，「我待會挑些不太辣的讓你吃。」

『感激不盡。』我急忙道謝。

「我只能盡量了。畢竟這就像是雞蛋裡挑骨頭。」

我嘆了口氣，看來今晚得餓肚子了。

『為什麼今晚要吃這麼麻辣的渝菜呢？』

「我估計老師們可能要給你們這些台灣學生來個下馬威。」

『下馬威應該是昨天剛下飛機時做的事才對啊。』

「如果昨晚下馬威，萬一下過頭，你們立馬就回台灣可不成。今天下
　剛好，上了戲台、化了花臉，就由不得你不唱戲。」

『太狠了吧。』

「我說笑呢，你別當真。」暖暖笑著說。

暖暖似乎變成了試毒官，先吃吃看辣不辣，再決定要不要夾給我。

夾給我時，也順便會把辣椒、花椒類的東西挑掉。

只可惜渝菜是如此粗獷豪放，拿掉辣椒也不會變成文質彬彬。

結果這頓飯我只吃了幾口菜，連湯都不敢喝。

但同行的台灣學生大多吃得過癮，只有兩三個被辣暈了。

回到寢室後，覺得空腹難受，便溜到街上找了家麵館，叫了碗麵。

麵端來了，好大一碗。看看桌上，只有筷子。

我起身向前，走到櫃台邊，問：『有沒有湯匙？』

「啥？」煮麵的大嬸似乎聽不懂。

我想她大概聽不懂台灣腔，試著捲起舌頭，再說一次：『湯匙？』

「啥？」大嬸還是不懂。

我只好用手語比出舀湯然後送入口中的動作。

「勺是唄？」大嬸拿根勺給我，嘴裡還大聲說：

「勺就勺唄，說啥湯匙？湯裡有屎嗎？」

店內的客人哇哈哈大笑，大嬸也跟著笑，好像在比誰大聲。

大嬸，我台灣來的不懂事，您應該小點聲，這樣我很尷尬耶。

我匆匆吃了大半碗麵便趕緊走人。

回寢室途中，剛好碰見學弟走出廁所，「拉肚子了。」他說。

『還好嗎？』我問。

「不好。」他搖搖頭，「我的菊花已經變成向日葵了。」

『混蛋！』我趕緊搗住他的嘴，『不要在這裡說白爛話。』

我和學弟走回寢室，剛好碰見高亮。

「老蔡，大夥要逛小吃一條街。一道去吧。」他說。

原來北京學生擔心台灣學生吃不慣麻辣，提議去小吃一條街打牙祭。

老師們並不阻止，只叮嚀出門要留神、回來別晚了、

別裝迷糊把酒吧一條街當成小吃一條街。

小吃一條街跟台灣的夜市很像，只不過台灣夜市還賣些衣服、鞋子、

CD等等，偶爾還有算命攤、按摩店；但小吃一條街全都是吃的。

剛吃了大半碗麵，肚子並不餓，因此我光用聞的，反正聞的不用錢。

逛了些時候，食物的香味誘出了食慾，開始想嚐些新玩意。

「涼涼。」我轉頭看見暖暖，她遞給我兩根羊肉串，「喏，給你。」

『不辣吧？』我問。

「你說呢？」

我有些害怕，用鼻子嗅了嗅，再伸出舌頭輕輕舔了舔。

「唉呀，別丟人了。」暖暖笑著說：「像條狗似的。」

『好像不太辣耶。』我說。

「我特地叫他們別放太辣。」她說。

『謝謝。』

「你晚上吃得少，待會多吃點。」暖暖微微一笑。

我跟暖暖說了偷溜出去吃碗麵的事，也說要湯匙結果鬧笑話的過程。

暖暖笑得合不攏嘴，好不容易把嘴巴合攏後，說：

「既然吃過了，咱們就吃點小吃。」

說完便帶我去吃驢打滾、愛窩窩、豌豆黃之類的北京風味小吃。

依台灣的說法，這些都可歸類為甜點。

我們盡可能吃少量多種，如果吃不完便會遞給身旁的同學，然後說：

『給你一個，算是結緣。』

逛了一個多小時，大夥便回學校。

我吃得好撐，便躺著休息；學弟、徐馳和高亮在看今天的相片檔。

「老蔡，你的芭樂。」徐馳說。

我從床上一躍而下（我還在上鋪喔），擠進他們，說：『在哪？』

徐馳將數位相機的畫面湊到我眼前，我可以清楚看見暖暖的笑容。

凝視暖暖幾秒後，徐馳按了下一張，我立刻按上一張，再凝視幾秒。

「老蔡，你回台灣後，我會把這些相片給你發過去。」

『馳哥。』我很高興，一把抱住他，『我可以叫你馳哥嗎？』

這晚我們四人的精神都很好，砍大山砍到很晚。

學弟偶爾砍到一半便跑出去上廁所，高亮問：「沒事吧？」

「我的屁股變成梵谷的模特兒了。」學弟說。

徐馳和高亮弄了半天才知道梵谷就是梵高，只是翻譯名稱不同而已。

我思考了很久才想起梵谷最愛畫的花是向日葵。

翻下床想掐住學弟的脖子讓他為亂說話付出代價，

但他嘴巴張開，臉呈痴呆，似乎已進入夢鄉。

只得再翻上床，閉上眼睛，讓暖暖的笑容伴我入眠。

3.

暖暖索性坐了下來，向我招招手，我便坐在她身旁。

「孟姜女廟東南方的渤海海面上，並立著高低兩塊礁石，高的豎立
　像碑、低的躺下像墳，傳說那就是孟姜女的墳墓。」她頓了頓，

「不管海水多大，永遠不會淹沒那座墳。」

暖暖說故事的語調很柔緩，會讓人不想插嘴去破壞氣氛。

「挺美吧？」過了一會，她說。

『嗯。』我點點頭。

早上漱洗完、用過早飯後，先在教室聽課。

有個對長城很有研究的學者，要來跟我們講述長城的種種。

他還拿出一塊巴掌大的長城小碎磚，要同學們試試它的硬度。

「可用你身上任何部位，弄碎了有賞。」他笑說。

這小碎磚傳到我手上時，我跟學弟說：『來，頭借我。』

「你要豬頭幹嘛？」學弟回答。

我不想理他。

雙手握緊碎磚，使盡吃奶力氣，幻想自己是《七龍珠》裡的悟空，

口中還啊啊啊啊啊叫著，準備變身成超級賽亞人。

『碎了。』我說。

「真碎了？」暖暖很驚訝。

『我的手指頭碎了。』

這次輪到暖暖不想理我。

十點上完課，老師們意味深長地讓大家準備一下，要去爬長城了。

昨晚老師千叮嚀萬囑咐要穿好走的鞋、女同學別發浪穿啥高跟鞋、

帶瓶水、別把垃圾留在長城、誰敢在長城磚上簽名誰就死定了等等。

『還要準備什麼？』我很好奇問暖暖：『難道要打領帶？』

「我估計是要大家做好心理準備，免得樂暈了。」暖暖說。

我想想也有道理。

當初會參加這次夏令營活動，有一大半是衝著長城的面子。

要爬的是八達嶺長城，距北京只約七十公里，有高速公路可以直達。
古代的騎兵越過八達嶺長城，要不了多久不就可以兵臨北京城下？
正在為北京捏把冷汗時，忽然車內一陣騷動。
我轉頭望向窗外，被眼前的景物震懾住了。
『這……』我有點結巴。
「這是居庸關。」暖暖說。

居庸關兩側高山如刀劍般聳立，中為峽谷，居庸關城位於峽谷正中。
地勢險峻，扼北京咽喉，難怪《呂氏春秋》說：天下九塞居庸其一。
居庸關不僅雄偉，而且風景宜人，兩側山巒疊翠，湛綠溪水中流。
很難想像軍事要塞兼具壯觀與秀麗。

『看來北京可以喘口氣了。』我說。
「你說啥？」暖暖問。
『越過八達嶺長城的騎兵看到居庸關，一定會下馬欣賞這美景。感慨
　美景之際，也許突然頓悟，覺得人生苦短，打打殺殺太無聊，於是
　撥轉馬頭又回去也說不定。』
暖暖睜大眼睛看著我，沒有說話。
『別擔心。』我笑了笑，『北京安全了。』
「早叫你做好心理準備。」她瞪我一眼，「現在卻一個勁兒瞎說。」

過了居庸關，沒多久便到八達嶺長城。看了看錶，還不到11點半。
老師們說先簡單吃碗炸醬麵填填肚子，吃飽了好上路。

（吃飽了好上路這句話很怪，要被砍頭的犯人最後都會聽到這句）

吃炸醬麵時高亮打開話匣子，他說小時候母親常常煮一大鍋炸醬，

只要舀幾勺炸醬到麵條裡，攪拌一下，一餐就解決了。

「平時就這麼吃。」他說。

我突然想到從下飛機到現在，一粒白米也沒看到，更別說白米飯了。

地理課本上說：南人食米、北人食麥，古人誠不欺我也。

搭上通往南四樓的南索道，纜車啟動瞬間，暖暖笑了。

她轉過身，跪在椅子上，朝窗外望去，猛揮揮手，口中還唸唸有詞。

『坐好。』我說。

「初次見面，總得跟長城打聲招呼，說聲您辛苦了。」

『妳……』

「長城我也是第一次爬。」

『早叫妳做好心理準備了。』我說，「現在卻一個勁兒瞎說。」

「你才瞎說呢。」暖暖又轉身坐好。

下了纜車，老師們交代要量力而為、不要逞強、記得在烽火台碰頭。

我向遠處看，長城蜿蜒於山脊之上，像待飛的巨龍，隨時準備破空。

往左右一看，兩側城牆高度不一、形狀也不同。

高亮說呈鋸齒狀凹凸的叫堞牆，高約一米七，剛好遮住守城者，這是

抵禦外敵用的，堞牆有巡邏時瞭望的垛口，垛口下有可供射箭的方形

小孔；矮的一側只約一米高，叫宇牆，就像一般的矮牆。

「宇牆做啥用的？」暖暖問。

『巡邏累了，可以坐著歇會。』我說。

「別瞎說。」暖暖說。

「人馬在城上行走，摔下城了可糟，這宇牆是保護用的。」高亮說，「而且宇牆每隔一段距離有道券門，門裡有石階讓士兵登城下城。」

我用尊敬的眼神看著高亮，「來北京後，我沒事就爬長城。」他說。

我們一路往北爬，坡度陡的地段還有鐵欄杆供人扶著上下坡。

向外看，盡是重疊的山、乾枯的樹、雜亂的草，構成一片荒涼。

每隔幾百公尺有方形城台，兩層的叫敵樓，上層可瞭望或攻擊，下層讓士兵休息或存放武器；一層的叫城台，四周有垛口供巡邏與攻擊。

高亮說現在叫的南四、南三、北三、北四樓等，都是敵樓。

「我們要爬到八達嶺長城海拔最高的北八樓。」他說。

暖暖畢竟是女孩子，體力較差，偶爾停下腳步扶著欄杆喘口氣。

有時風吹得她搖搖晃晃，高亮說這裡是風口，風特大。

「如果是秋冬之際，風特強天特冷。那時爬長城特有感受。」他說。

我們現在一身輕裝，頂多帶瓶水，還得靠欄杆幫我們上上下下；

而古代守城將士卻是一身盔甲、手持兵器，頂著狂風在這跑上跑下。

每天望向關外的荒涼，除同袍外看不見半個人，該是何等孤獨寂寞。

想看到人又怕看到人，因為一旦看到人影，可能意味著戰事的開端，

這又是怎樣的矛盾心情？

『如果……』

「如果世上的男女都能以純真的心對待彼此，」暖暖打斷我，

「到那時長城就可以含笑而塌了。你是不是想這樣說？」

『嘿。』我笑了笑，『妳休息夠了？』

「嗯。」暖暖點點頭。

高亮體力好，總是拿著一台像砲似的照相機東拍西拍，不曾歇腿。

我和暖暖每到一座敵樓便坐下來歇息喝口水，四處張望。

城牆上常看見遊客寫：到此一遊，台灣的風景名勝也常見到此一遊。

看來《西遊記》裡的孫悟空真是害人不淺。

記得大學時去過的民雄鬼屋，那裡竟然也到處被寫上到此一遊。

有的同學比較狠，簽下到此一遊後，還順便寫上老師的地址和電話。

「看你還敢不敢隨便當人。」寫完後，他說。

我起身看看牆上還題些什麼字。

「我到長城是好漢！」

這個俗，搞不好有八千塊磚上這樣寫。

「我要學長城堅強屹立千年！」

堅強是好事，但要有公德心。沒公德心而屹立千年，叫禍害遺千年。

「小紅！我對妳綿延的愛就像長城！」

被愛沖昏頭所做的糊塗事，可以理解。小紅幫個忙，甩了他吧。

「我的XX比長城長！」

『馬的！』我不禁脫口而出。

『咳咳……』瞥見暖暖正瞧著我，臉上一紅，『我失態了。』

「沒事。」暖暖說，「你罵得好。」

『我還可以罵得更難聽喔。』

「罵來聽聽。」

我張開嘴巴，始終吐不出話，最後說：『我們還是繼續上路吧。』

再往上爬了一會，終於到烽火台，這裡地勢既高且險、視野又開闊，
如此才能達到燃放煙火示警的目的。

大約有二十多個學生已經坐著聊天，徐馳看見我便說：

「老蔡，您的腿還是自個兒的嗎？」

經他一說，我才發覺腿有些軟。

四個老師到了三個，北京李老師特地壓後，他到了表示全都到了。

過了十幾分鐘，李老師終於到了。

他喘口氣，點齊了人數，清了清喉嚨後，開口說：

大家都聽過「不到長城非好漢」，但一定得爬長城來證明自己是好漢
嗎？你試試挑座險要的山，從山腳登上頂，誰敢說你不是好漢？或者
你繞著北京走上一圈，中途不歇息不叫救護車不哭爹喊娘，這不是好
漢嗎？爬長城的目的不只在證明自己是好漢，看看腳下，你正踏著歷
史的動脈。有了長城，秦國才能騰出手來滅六國、統一中原；若沒長
城，歷史完全變了樣。你常在書上讀到詠嘆長城和邊塞將士的詩詞，

那是文學的美；你今天爬上一遭，對文學的美更有深刻感受，同時你也能感受歷史的真。歷史就是人類走過千年所留下的腳印，你現在的腳印將來也會成歷史。看看四周，地勢越險要，越彰顯長城的雄偉，長城若建在平原上，那不就一道牆唄。人生也一樣，越是困頓波折，越能彰顯你的價值，越能激勵你向上，瞭解這層道理，才是真好漢。

他說完後大夥拍拍手，李老師確實說得好。但是，太感性了吧？
北京張老師站起身，也清了清喉嚨說：
「我們待會一起在烽火台下合個影。合影的同時，希望同學們在心裡
　默默祈禱：但願烽火台永遠不再燃起狼煙。」
現在是怎樣？感性還會傳染喔。

張老師請台灣的周老師也說些話，周老師緩緩起身，環顧四周，說：
「常聽人說：這就是歷史。這句話別有深意。我們知道『這』的英文
　叫this，音唸起來像『歷史』，因此this is 歷史的意思是……」
他抬起頭，望著遠方，說：「這就是歷史。」
他說完後，我不支倒地。
烽火台即使燃起狼煙，聽你一說，大概也全滅了。

最後是台灣的吳老師，他只淡淡地說：
「同學們心裡一定有很多感受，不吐不快。這樣吧，今晚睡覺前，
　每人交五百字爬長城的心得報告給我。」
我一聽便從地上彈起身，周遭一片哀嚎。

「開玩笑的。」他哈哈大笑,「待會還要爬,先給你們一點刺激。」

『沒事開什麼玩笑嘛。』我哼了一聲。
「那你呢?」暖暖問,「你又有什麼感受?」
『我……』
「你是不是又想說索道長、長城更長,連中飯吃的麵條都比台灣長,
　總之就是一個長字?」
我笑了笑,沒有回答。搞不好還真讓她說中了。

大夥圍在一起準備拍照時,台灣吳老師又說:
「大家把身分證拿出來擺在胸口拍照,這樣才酷。」
現在是拍通緝犯的照片嗎?
我偷瞄身旁暖暖手中的證件,她倒是大方轉頭細看我的證件。
我乾脆把我的證件給她,她笑了笑,也把她的證件給我。
她的證件是淡藍色的底浮著白色中國地圖,還有一欄寫著「漢族」。
「繼續上路。」拍完照後,北京張老師說。

才爬了不久,看到城牆的盡頭是山壁,沒路了。
『這裡是孟姜女哭倒長城的地方嗎?』
「不是。」暖暖右手朝東邊指,「是在長城入海處,山海關那兒。」
『是嗎?』
「山海關城東有個望夫石村,村北有座鳳凰山,孟姜女廟就在那。廟
　後有塊大石,叫望夫石。石上有坑,是孟姜女登石望夫的足跡。」

『妳去過？』

「我聽說的。」

『妳怎麼常聽說？』

「我耳朵好。」暖暖笑了笑。

暖暖索性坐了下來，向我招招手，我便坐在她身旁。

「孟姜女廟東南方的渤海海面上，並立著高低兩塊礁石，高的豎立
　像碑、低的躺下像墳，傳說那就是孟姜女的墳墓。」她頓了頓，

「不管海水多大，永遠不會淹沒那座墳。」

暖暖說故事的語調很柔緩，會讓人不想插嘴去破壞氣氛。

「挺美吧？」過了一會，她說。

『嗯。』我點點頭。

眼角瞥見暖暖微揚起頭，閉上雙眼，神情和姿態都很放鬆。

背後傳來咳咳兩聲，我和暖暖同時回過頭，看見高亮站在我們身後。

「不好意思，打擾了。」他說，「其實孟姜女傳說的破綻挺多的。」

『喔？』我站起身。

「其一，孟姜女跟秦始皇根本不是同一時代的人，秦始皇得連著叫
　孟姜女好幾聲姑奶奶，恐怕還不止。其二，秦始皇和其先祖們所
　修築的長城，可從未到達山海關。」

高亮說得很篤定。

我相信高亮說的是史實。

但在「真」與「美」的孟姜女之間，如果硬要衝突打架只剩一個時，
我寧可讓美的孟姜女住進我心裡。
畢竟我已經領悟到歷史的「真」，就讓我保留孟姜女的「美」吧。

聽到唉唷一聲，原來是暖暖想起身結果又一屁股坐地上。
「腿有些軟。」暖暖笑了起來。
『我幫妳。』我伸出右手。
暖暖也伸出右手跟我握著，我順勢一拉，她便站起身，拍拍褲管。
「有條便道。」高亮往旁一指，「從那兒繞過去，就可以繼續爬。」

高亮帶著我和暖暖從便道走上長城，「就快到了。」他總是這麼說。
看到不遠處有座敵樓，心想又可以歇會了。
「終於到北七樓了。」高亮說。
『北七？』我說，『你確定這叫北七嗎？』
「是啊。」高亮說，「下個樓就是終點，北八樓。」
『暖暖！』我大叫一聲。
「我就在你身旁，」暖暖說，「你咋呼啥？」
『快，這是妳的樓，妳得在這單獨照張相。』
暖暖和高亮似乎都一頭霧水。

我不斷催促著，暖暖說：「他的相機挺專業的，別浪費膠片。」
「膠片這東西和青春一樣，本來就是用來浪費的。」高亮笑了笑。
喔？高亮說的話也挺深奧的。

高亮舉起鏡頭要暖暖擺姿勢，暖暖見我賊溜溜的眼神，指著我說：
「你轉過身，不許看。」
我轉過身，高亮按下快門，然後說：「老蔡，你也來一張？」
『不。』我搖搖頭，『這個樓只能用來形容暖暖。』

向前遠望，北八樓孤伶伶立在半空中，看似遙不可及。
好像是老天伸出手抓住北八樓上天，
於是通往北八樓的路便跟著往上直衝。
坡度越走越陡、城寬越走越窄，牆磚似乎也更厚重。
「這段路俗稱好漢坡。」高亮說，「老蔡，加把勁。」
我快飆淚了。
大凡叫好漢坡的地方，都是擺明折磨人卻不必負責的地方。
大學時爬過阿里山的好漢坡，爬到後來真的變成四條腿趴在地上爬。

我讓暖暖在我前頭爬，這樣萬一她滑下來我還可以接住。
「學長，我在你後面。」轉頭看見學弟，但我連打招呼的力氣也沒。
他右手拉著王克的手往上爬，左手還朝我比個V。
「我有點恐高，所以……」王克似乎很不好意思，淡淡地說。
沒想到這小子精神這麼好，還可以拉著姑娘的小手，這讓我很不爽。
「別放屁喔，學長。」學弟又說，「我躲不掉。」
如果不是……沒力氣……罵人……王克又在……我會罵你……豬頭。
我一定累斃了，連在心裡OS都會喘。

暖暖似乎也不行了，停下腳步喘氣。

『暖暖。』我說，『告訴你一個好消息。』

「啥？」暖暖回頭。

『妳知道台灣話白痴怎麼說？』

「咋說？」

『就是北七。』

「你……」暖暖睜大眼睛手指著我。

『要報仇上去再說。』

暖暖化悲憤為力量，一鼓作氣。快到了……快到了……

終於到了。

暖暖沒力氣罵我，癱坐在地上。我連坐下的力氣也沒。

王克一個勁兒向學弟道謝，學弟只是傻笑。

「別放在心上。」學弟對她說，「我常常牽老婆婆的手過馬路。」

混蛋，連老婆婆那充滿智慧痕跡的手都不放過。

北八樓的景色更蕭瑟了，人站在這裡更感孤獨。

我心想駐守在這裡的士兵怎麼吃飯？大概不會有人送飯上來。

走下去吃飯時，一想到吃飽後還得爬這一段上來，胃口應該不會好。

也許久而久之，就不下去吃飯了。

這太令人感傷了。

壓後的北京李老師終於也上來了，「還行嗎？」他笑著問。

「癱了。」一堆同學慘叫。

「領悟到唐朝詩人高適寫的『倚劍欲誰語，關河空鬱紆』了嗎？」

「多麼痛的領悟。」有個台灣學生這麼回答。

「這就是歷史。」台灣周老師說，「大家說是不是？」

這次沒人再有力氣回答了。

「精神點，各位好漢。」北京張老師拿起相機，「咱們在這合個影，
　希望同學們在心裡默唸：我是愛好和平的好漢。」

台灣吳老師叫學弟躺在地上裝死，再叫四個學生分別抓著他四肢，
抬起學弟當作畫面背景。真難為他還有心情搞笑。

我們從這裡坐北索道下城，在纜車上我覺得好睏。

下了索道，上了車，沒多久我就睡著了。

暖暖搖醒我，睜開眼一看，大家正在下車，我也起身。

天色已暗了，我感覺朦朦朧朧，下車時腳步還有些踉蹌。

「先去洗把臉，精神精神。」北京李老師說，「咱們今晚別出去了，
　就在學校的食堂裡吃。」

『在池塘裡吃？』我問暖暖，『我們變烏龜了嗎？』

「看著我的嘴。」暖暖一字一字說，「食——堂。」

原來是在學校的餐廳裡吃，這樣挺好，不用再奔波。

用冷水洗完臉後，總算有點精神。走進餐廳，竟然看到白米飯。

嗨，幾天沒見了，你依然那麼白，真是令人感動。

待會如果吃少了，你別介意，這不是你的問題，是我太累。

咦？你似乎變乾了，以後記得進電鍋時要多喝些水喔。

「咋喃喃自語？」暖暖端著餐盤站在我面前，「還沒清醒嗎？」

『醒了啊。』

「你確定？」暖暖放下餐盤，坐我對面。

『我知道妳叫暖暖、黑龍江人、來北京念書、喜歡充內行、耳朵很好
　　所以常聽說。這樣算清醒了吧？』

「你還忘了一件事。」

『哪件事？』

「我想去暖暖。」

『我又睏了。』

我趴在桌上裝睡。趴了一會，沒聽見暖暖的反應。

　一直趴著也不是辦法，慢慢直起身，偷偷拿起碗筷。

「腿酸嗎？」暖暖說。

『嗯。』我點點頭，『妳也是嗎？』

「那當然。爬了一天長城，難不成腿還會甜嗎？」

『妳的幽默感挺深奧的。』

「會嗎？」

『我看過一部電影，男女主角在椰子樹下避雨，突然樹上掉下一顆
　　椰子，男的說：是椰子耶！女的回說：從椰子樹上掉下來的當然
　　是椰子，難道還會是芭樂嗎？』我笑了笑，

『妳的幽默感跟女主角好像同一門派。』

「你愛看電影？」暖暖問。

『嗯。』我點點頭，『什麼類型都看，但文藝片很少看。』

「咋說？」

『有次看到一部文藝片，武松很深情的對著潘金蓮說：妳在我心中，
　　永遠是青草地的小黃花。』我吃吃亂笑，『那瞬間，我崩潰了。』

「幹啥這樣笑？」

『我那時就這樣笑，結果周遭投射來的目光好冰。從此我就不太敢看
　　文藝片，怕又聽到這種經典對白。』

說完後，我又劈里啪啦一陣亂笑，不能自已。

「笑完了？」暖暖說，「嘴不酸嗎？」

『唉。』我收起笑聲，說：『真是餘悸猶存。』

我突然發覺跟暖暖在一起時，我變得健談了。

這有兩種可能，一是她會讓我不由自主想說很多話；

二是我容易感受到她的聆聽，於是越講越多。

以現在而言，她看來相當疲憊，卻打起精神聽我說些無聊的話。

「真累了。」她低頭看著餐盤，「吃不完，咋辦？」

『吃不完，』我說，『兜著走。』

「這句話不是這樣用的。」

『在台灣就這麼用。』我嘿嘿笑了兩聲。

我和暖暖走出食堂，走了幾步，我突然停下腳步。

『啊？差點忘了。』我說。

「忘了啥？」

『我才是北七。』我指著鼻子，『在長城跟妳開個玩笑，別介意。』

暖暖想了一下才笑出聲，說：「以後別用我聽不懂的台灣話罵人。」

『是。』我說，『要罵妳一定用普通話罵，這樣妳才聽得懂。』

「喂。」

『開玩笑的。』

經過教室，發現大多數的同學都在裡面，教室充滿笑聲。

有的聊天；有的展示在長城買的紀念品；有的在看數位相機的圖檔。

我和暖暖也加入他們，徐馳朝我說：「老蔡，我偷拍了你一張。」

湊近一看，原來是我在烽火台上不支倒地的相片。

「你這次咋沒比Ｖ？」暖暖說。

『妳真是見樹不見林。我的雙腳大開，不就構成了Ｖ字？』

我很得意哈哈大笑，笑聲未歇，眼角瞥見學弟和王克坐在教室角落。

我很好奇便走過去。

王克正低頭畫畫，學弟坐她對面，也低頭看她畫畫。

我在兩人之間插進頭，三個人的頭剛好形成正三角形。

那是張素描，蜿蜒於山脊的長城像一條龍，

遊長城的人潮點綴成龍的鱗片。

『畫得很棒啊。』我發出感嘆。

王克抬起頭，靦腆地朝我笑了笑。

「學長。」學弟也抬起頭，神祕兮兮地說：「很亮。」

『OK。』我朝他點點頭,『我了解。』

轉身欲離去時,發現王克的眼神有些困惑。
『學弟的意思是說我是你們的電燈泡啦。』我對著王克說,
『所謂的電燈泡就是……』
「學長!」學弟有些氣急敗壞。
王克聽懂了,臉上有些尷尬,又低頭作畫。
我帶著滿足的笑容離開。

「你這人賊壞。」暖暖說。
『賊壞?』我說,『什麼意思?』
「賊在東北話裡面,是很、非常的意思。」
『喔。』我恍然大悟,『暖暖,妳這人賊靚。這樣說行嗎?』
「說法沒問題,」她笑出聲,「但形容我並不貼切。」
『既然不貼切,幹嘛笑那麼開心?』
「涼涼!」暖暖叫了一聲。
我趕緊溜到徐馳旁邊假裝忙碌。

大夥在教室裡聊到很晚,直到老師們進來趕人。
回到寢室,一跳上床,眼皮就重了。
「老蔡,下次你來北京,我帶你去爬司馬台長城。」高亮說。
高亮說那是野長城,遊客很少,而且多數是老外。
他又說司馬台長城更為雄奇險峻,是探險家的天堂等等。

我記不清了，因為他講到一半我就睡著了，睡著的人是不長記性的。

4.

『如果妳在北京工作，我就來北京找妳。』我說。

「你說真格的嗎？」暖暖眼睛一亮。

『嗯。』我點點頭。

「太好了，北京還有很多好玩的東西，得讓你瞧瞧。」她很興奮，

「最好我們再去吃些川菜渝菜之類的，把你辣暈，那肯定好玩。」

『如果是那樣，我馬上逃回台灣。』

「不成，我偏不讓你走。」

暖暖笑得很開心，剛剛從她眼前飄過的一絲鄉愁，瞬間消失無蹤。

我心裡則想著下次在北京重逢，不知道會是什麼樣？

也不知道是什麼時候？

而那時候的我們，還能像現在一樣單純嗎？

隔天起床，我從上鋪一躍而下，這是我從大學時代養成的習慣。

一方面可迅速清醒，以便趕得及上第一堂課；

另一方面，萬一降落不成功，也會有充足的理由不去上課。

但今天雖降落成功，雙腳卻有一股濃烈的酸意。

腿好酸啊，我幾乎直不起身。

幸好刷牙洗臉和吃飯不必用到腳，但走到教室的路程就有些漫長了。

「給。」一走進教室，暖暖便遞了瓶東西給我。

我拿在手上仔細端詳，是雲南白藥噴劑。

「挺有效的。」她又說。

捲起褲管，在左右小腿肚各噴三下，感覺很清涼，酸痛也有些緩解。

我沉思幾秒後，立刻站起身跑出教室。

「你去哪？」暖暖的聲音在身後響起，「要上課了。」

『大腿也得噴啊。』我頭也不回說。

「真是。」我從廁所回來後，暖暖一看見我就說。

真是什麼？難道我可以在教室裡脫下褲子噴大腿嗎？

今天聽說上課的是個大學教授，要上漢語的語言特色。

本以為應該是個老學究，這種人通常會兼具魔術師和催眠師的身分。

也就是說會是個讓桌子有一股吸力，吸引你的臉貼住桌子的魔術師；

也會是個講話的語調彷彿叫你睡吧睡吧的催眠師。

不過這位教授雖然六十多歲了，講話卻詼諧有趣，口吻輕鬆不嚴肅。

因為我們這群學生來自不同科系，所以他並不講深奧的理論。

他說中文一字一音，排列組合性強，句子斷法不同，意義也不同。

甚至常見順著唸也行、倒著唸也可以的句子。

比方說「吃青菜的小孩不會變壞」這句，經排列組合後，可以變成：

變壞的青菜小孩不會吃、變壞的小孩不會吃青菜，各有意義。

還可變成：吃小孩的青菜不會變壞，不過這句只能出現在恐怖電影。

英文有時式，是因為重視時間，所以是科學式語言；

中文沒有時式，所以中國人不注重時間，沒有時間觀念。

「鬼扯。一個動詞三種文字，那叫沒事找事做。加個表示過去的時間

　就得了，何苦執著分別。人生該學的事特多，別讓動詞給罣礙。」

他微微一笑，「這就是佛。」

英文說 a book、a desk、a car、a tree、a man 等都只是 a，簡單；

中文卻有一棵、一粒、一張、一個、一本、一輛等說法，很麻煩。

「那是因為中國人知道萬事與萬物都有獨特性，所以計量單位不同，

　表達一種尊重。」他哈哈大笑，「這就是道啊。」

中文的生命力很強，一個字可有多種意義跟詞性，特有彈性。

「哪位同學可舉個例？舉的有特色，我親手寫『才子』送你。」

老師開玩笑說：「上網拍賣，大概還值幾個錢。」

「這老師的毛筆字寫得特好。」暖暖偷偷告訴我，「涼涼，試試？」

我朝暖暖搖搖頭。

我是個低調的人，難道我才高八斗也要讓大家都知道嗎？

學弟忽然舉手，我嚇一大跳，心想這小子瘋了。
只見老師點點頭說：「請。」
「床前明月光，美女來賞光；衣服脫光光，共度好時光。」
學弟起身說，「這四個『光』字，意義都不同。」

「這位同學是台灣來的？」老師問。
「嗯。」學弟點點頭。
「真有勇氣。」老師又哈哈大笑，「英雄出少年。」
恥辱啊，真是恥辱。我抬不起頭了。
「老師會寫『才子』還是寫『英雄出少年』給我？」學弟小聲問我。
『你給我閉嘴。』我咬著牙說。

老師接著讓台灣學生和北京學生談談彼此說話的差異。
有人說，台灣學生說話溫文儒雅，語調高低起伏小，常帶有感嘆詞；
北京學生說話豪氣，語調高亢、起伏明顯，用字也較精簡。
例如台灣學生說：你真的好漂亮喔！北京學生則說：你真漂亮。
人家說謝謝，台灣學生說不客氣；說對不起，台灣學生說沒關係。
語調總是細而緩，拉平成線。
而不管人家說謝謝還是對不起，北京學生都說「沒事」。
語尾上揚且短促，頗有豪邁之感。

「咱們做個試驗來玩玩。」學生們七嘴八舌說完後，老師說。

老師假設一個情況：你要坐飛機到北京，想去逛故宮和爬長城，

出門前跟媽媽說坐幾點飛機、幾點到北京、到了後會打電話報平安。

大夥輪流用自然輕鬆的方式說完，每個細節都一樣。

結果發現這段約50個字的敘述中，有些說法上有差異。

例如台灣學生最後說「我會打電話回家」；

北京學生則說「會給家裡打電話」。

「現在用手指頭數數你剛剛共說了幾個字？」老師說。

計算平均後，台灣學生說了52.4個字；北京學生說了48.6個字。

為了客觀起見，老師又舉了三種情況，結果也類似：

在一段約50個字的敘述中，台灣學生平均多用了三至四個字。

我不太服氣，跟暖暖說：『快到教室外面來。妳怎麼說？』

「快來教室外頭。」暖暖說。

屈指一算，她比我少用一個字。

『這件衣服不錯。』我說。

「這衣服挺好。」暖暖回答。

『這件衣服太好了。』

「這衣服特好。」

『這件衣服實在太棒了。』

「這衣服特特好。」暖暖笑著說，「我用的字還是比你少。」

『妳賴皮。哪有人說特特好。』

「在北京就這麼說。」暖暖嘿嘿笑了兩聲。

老師最後以武俠小說為例,結束今天上午的課程。

在武俠小說中,北京大俠一進客棧,便喊:拿酒來!

台灣大俠則會說:小二,給我一壺酒。

看出差別了嗎?

台灣大俠通常不忽略句子的主詞與受詞,也就是「我」與「小二」;

而且計量單位也很明確,到底是一壺酒還是一罈酒?必須區別。

北京大俠則簡單多了,管你是小二、小三還是掌櫃,拿酒來便是。

酒這東西不會因為不同的人拿而有所差異。

因為是我說話,當然拿給我,難不成叫你拿去澆花?

至於計量單位,甭管用壺、罈、盅、瓶、杯、碗、臉盆或痰盂裝,

俺只管喝酒。

武功若練到最高境界,北京大俠會只說:「酒!」

而台灣大俠若練到最高境界,大概還是會說:「來壺酒。」

當然也因為這樣,所以台灣大俠特別受到客棧歡迎。

因為台灣大俠的指令明確,不易讓人出錯。

北京大俠只說拿酒,但若小二拿一大罈酒給北京大俠,你猜怎麼著?

「混帳東西!」北京大俠怒吼,「你想撐死人不償命?」

這時小二嘴裡肯定媽的王八羔子您老又沒說拿多少,直犯嘀咕。

「造反了嗎?」北京大俠咻的一聲拔出腰刀。

所以武俠小說中客棧發生打鬥場面的，通常在北方。

自古燕趙多慷慨悲歌之士，常為了喝酒而打架，這還能不悲嗎？

「那台灣的客棧呢？」有個同學問。

「台灣客棧愛情故事多。」老師笑了笑，「君不見台灣客棧拿酒的，
　通常是小姑娘。」

老師說完後，笑得很曖昧。隨即收起笑容，拍了拍手。

「不瞎扯了，明早再上文字的部分。」老師說，「你們趕緊吃完飯，
　飯後去逛胡同。」

在學校食堂裡用過午飯，大夥上車直達鼓樓，登樓可以俯瞰北京城。

登上鼓樓俯瞰北京舊城區和錯綜複雜的胡同，視野很好。

「咱們先到什剎海晃晃，感受一下。」下了鼓樓，北京李老師說：

「待會坐三輪車逛胡同，別再用走的。」

他一說完，全場歡聲雷動。

我和暖暖來到什剎海前海與後海交接處的銀錠橋，這是單孔石拱橋。

橋的長度不到十公尺，寬度約八公尺，橋下還有小船划過橋孔。

從銀錠橋往後海走，湖畔綠樹成蔭，萬綠叢中點綴幾處樓閣古剎。

湖平如鏡，遠處西山若隱若現，幾艘小船悠遊其中，像幅山水畫卷。

我和暖暖沿著湖畔綠蔭行走，雖處盛夏，亦感清涼。

暖暖買了兩瓶酸奶，給我一瓶，我們席地而坐，望著湖面。

時間流動的速度似乎變慢了，幾近停止。

我喝了一口酸奶，味道不錯，感覺像台灣的優酪乳。

「我在這兒滑過冰。」過了一會，她說。

『滑冰？』眼前盡是碧綠的水，我不禁納悶：『滑冰場在哪？』

「冬天一到，湖面結冰，不就是個天然滑冰場？」她笑了笑。

『果然是夏蟲不可語冰。對生長在台灣的我而言，很難想像。』

「你會滑冰嗎？」暖暖問。

『我只會吃冰，不會滑冰。』我笑了笑，『連滑冰場都沒見過。』

「有機會到我老家來，我教你滑。」

『好。妳得牽著我的手，然後說你好棒、你是天才的那種教法喔。』

「想得美。我會推你下去不理你，又罵你笨，這樣你很快就會了。」

『如果是這樣，那我就不學了。』

「不成。你得學。」

『為什麼？』

「我想看你摔。」她說完後，笑個不停。

『妳這人賊壞。』

「這形容就貼切了。」暖暖還是笑著。

我們又起身隨興漫步，在這裡散步真的很舒服。

「我待在北京五個冬天了，每年冬天都會到這兒滑冰。」暖暖說。

『妳大學畢業了？』我問。

「嗯。」她點點頭，『要升研二了，明年這時候就開始工作了。』

『在北京工作？還是回老家？』

「應該還是留在北京工作。」暖暖彷彿嘆了口氣，說：

「離家的時間越久，家的距離就更遠了。」

『如果妳在北京工作，我就來北京找妳。』我說。

「你說真格的嗎？」暖暖眼睛一亮。

『嗯。』我點點頭。

「太好了，北京還有很多好玩的東西，得讓你瞧瞧。」她很興奮，

「最好我們再去吃些川菜渝菜之類的，把你辣暈，那肯定好玩。」

『如果是那樣，我馬上逃回台灣。』

「不成，我偏不讓你走。」

暖暖笑得很開心，剛剛從她眼前飄過的一絲鄉愁，瞬間消失無蹤。

我心裡則想著下次在北京重逢，不知道會是什麼樣？

也不知道是什麼時候？

而那時候的我們，還能像現在一樣單純嗎？

「嘿，如果我在老家工作，你就不來找我了嗎？」暖暖突然開口。

『我不知道黑龍江是什麼樣的地方。』我想了一下，接著說：

『也許要翻過好幾座雪山、跨過好幾條冰封的大江，搞不好走了半個
　　月才看到一個人，而且那人還不會講普通話。重點是我不會打獵，
　　不知道該如何填飽肚子。』

「瞧你把黑龍江想成什麼樣。」暖暖說，「黑龍江也挺進步的。」

看來我對黑龍江的印象，恐怕停留在清末，搞不好還更早。

「如果黑龍江真是你形容的這樣，那你還來嗎？」

暖暖停下腳步，轉身面對著我。

『暖暖。』我也停下腳步。

「嗯？」

『我會耶。』我笑了笑。

暖暖也笑了，笑容很燦爛，像冬天的太陽，明亮而溫暖。

我天真地相信，為了看一眼暖暖燦爛的笑容，西伯利亞我也會去。

『不過妳得先教我打獵。』我說。

「才不呢。」暖暖說，「最好讓黑熊咬死你。」

『碰到黑熊就裝死啊，反正裝死我很在行。』

「還有東北虎呢。」

『嗯……』我說，『我還是不去好了。』

「不成，你剛答應要來的。」

『隨便說說不犯法吧。』

「喂。」

『好。我去。』我說，『萬一碰到東北虎，就跟牠曉以大義。』

「東北虎可聽不懂人話。」

『為了見妳一面，我千里迢迢、跋山涉水，應該會感動老天。老天都
　感動了，何況東北虎。也許牠會含著感動的淚水幫我指引方向。』

「那是因為牠餓慌了，突然看見大餐送上門，才會感動得流淚。」
暖暖邊說邊笑，我覺得有趣，也跟著笑。

我和暖暖一路說說笑笑，又走回銀錠橋。
李老師已經找好20多輛人力三輪車，每兩個學生一輛。
他讓學生們先上車，然後一輛一輛交代事情，不知道說些什麼。
他來到我和暖暖坐的三輪車，先稱呼三輪車夫為板爺兒，然後交代：
終點是恭王府，沿路上如果我們喜歡可隨時下車走走，但別太久。
「慢慢逛，放鬆心情溜達溜達。」李老師對我們微微一笑。

三輪車剛起動，暖暖便說來北京這麼久，坐三輪車逛胡同是頭一遭。
『跟大姑娘坐花轎一樣。』我說。
「啥？」
『都叫頭一遭。』
「你挺無聊的。」暖暖瞪了我一眼。

「爺，聽您的口音，您是南方人？」板爺突然開口。
『叫我小兄弟就好。』聽他叫爺我實在受不起，『我是台灣來的。』
「難怪。」板爺說，「你們台灣來的特有禮貌、人都挺好。」
我靦腆笑了笑，然後轉頭跟暖暖說：『嘿，人家說我很有禮貌耶。』
「那是客套。」暖暖淡淡地說。
「小姑娘，俺從不客套。」板爺笑了笑。
『聽見沒？小姑娘。』我很得意。

沒想到我是爺，暖暖只是小姑娘，一下子差了兩個輩份，我很得意。

「爺，我瞅您挺樂的。」板爺說。
『因為今天的天氣實在太好了！』我意猶未盡，不禁伸直雙臂高喊：
『實在太好了！』
「幼稚。」暖暖說。
『小姑娘，您說啥？』我說。
暖暖轉過頭不理我，但沒多久便笑了出來。
「真幼稚。」暖暖把頭轉回來，又說。

幾百公尺外摩天大樓林立，街上車聲鼎沸、霓虹燈閃爍；
但一拐進胡同，卻回到幾百年前，見到北京居民的純樸生活。
四合院前閉目休息的老太太，大雜院裡拉胡琴的老先生，
這些人並沒有被時代的洪流推著走。
從大街走進胡同，彷彿穿過時光隧道，看到兩個不同的時代。

這裡沒有車聲，有的只是小販抑揚頓挫的吆喝叫賣聲。
青灰色的牆和屋瓦、朱紅斑駁的大門、掉了漆的金色門環、
深陷的門墩，胡同裡到處古意盎然。
我和暖暖下車走進一大雜院，院裡的居民很親切的跟我們聊幾句。
樑上褪了色的彩繪、地上缺了角的青磚，都讓我們看得津津有味。

板爺跟我們說起胡同的種種，他說還有不到半米寬的胡同。

「胖一點的人，還擠不進去呢。」他笑著說。

『如果兩人在胡同中相遇，怎麼辦？』我轉頭問暖暖。

「用輕功唄。」暖暖笑說，『咻的一聲，就越過去了。』

『萬一兩人都會輕功呢？』我說，『那不就咻咻兩聲再加個砰。』

「砰？」

『兩人都咻一聲，共咻咻兩聲；然後在半空中相撞，又砰一聲。』

暖暖臉上一副又好氣又好笑的神情；

板爺則放聲大笑，宏亮的笑聲縈繞在胡同間。

說說笑笑之際，我被路旁炸東西的香味吸引，暖暖也專注地看著。

『妳想吃嗎？』我問暖暖。

暖暖有些不好意思，點了點頭。

我讓板爺停下車，走近一看，油鍋旁有一大塊已攪拌揉勻好的麵團。

問起這東西，大嬸說炸奶糕，然後捏下一小塊麵團，用手摁成圓餅，

下油鍋後當餅膨脹如球狀並呈金黃色時撈出，再滾上白糖。

我買了一些回車上，跟暖暖分著吃。

炸奶糕外脆裡嫩，柔而細滑，咬了一口，散發濃郁奶香。

板爺維持規律的節奏踩著車，偶爾嘴裡哼唱小曲。

我和暖暖邊吃邊聊，邊聊邊看。

在這樣的角落，很難察覺時間的流逝，心情容易沉澱。

「恭王府到了。」板爺停下車。

李老師在恭王府前清點人數，發現還少兩個人。

過了一會，一輛三輪車載著學弟和王克，板爺以最快的速度踩過來。

我走過去敲一下學弟的頭，他苦著臉說並非忘了時間，只是迷了路。

原來他和王克走進胡同閒晃時，越走越遠、越遠越雜、越雜越亂，

結果讓穿梭複雜的胡同給困住，王克還急哭了。

幸好後來有個好心的老先生帶領他們走出來。

恭王府雖因咸豐賜於恭親王奕訢而得名，但真正讓它聲名大噪的，

是因為它曾是乾隆寵臣和珅的宅邸。

「王府文化是宮廷文化的延伸，恭王府又是現今保存最完整的王府。

　因此有『一座恭王府，半部清代史』之稱。」李老師笑著說：

「同學們，慢慢逛。有興趣聽點故事的，待會跟著我。」

　一聽李老師這樣說，所有學生都跟在他屁股後頭。

一路走來，幽靜秀雅、春色盎然，府外溫度高，裡頭卻清涼無比。

李老師說起各建築，像花園門口歐式建築拱門，當時北京只有三座；

全用木頭建的大戲樓，一個鉚釘都沒用，多年來沒漏過雨，戲台下淘

空且放置幾口大缸，增大共鳴空間並達到擴音的作用，因此不需音響

設備；屋簷滿是佛教的「卍」和蝙蝠圖案（卍蝠的諧音即為萬福），

連外觀都像蝙蝠展開雙翼的蝠廳；和珅與文人雅士飲酒的流杯亭，亭

子下有彎彎曲曲的窄溝，杯子在水面漂，停在誰面前誰就得作詩，不

作詩便罰酒；假山上的邀月台，取李白詩中「舉杯邀明月，對影成三

人」的意境；通往邀月台兩條坡度很陡的走廊叫「升官路」，和珅常

走升官路，於是步步高陞。

最後走到祕雲洞口，李老師說：「接下來是福字碑。仔細瞧那福字，試試能看出幾個字。」

同學們一個接一個走進洞，在我前頭的暖暖突然躲到我後面，說：
「你先走。」
『為什麼？』我說。
「裡頭暗，我怕摔。」她笑說。
『我也怕啊。』
「別囉唆了。」暖暖輕輕推了推我，「快走便是。」

祕雲洞在假山下，雖有些燈光，但還是昏暗。
洞內最亮的地方就是那塊福字碑，因為下頭打了黃色的燈光。
我靠近一看，碑用塊玻璃保護住，很多人摸不到碑就摸玻璃解解饞。
我沒摸玻璃只凝視福字一會，便走出來。
『妳看出幾個字？』我問暖暖。
「我慧根淺，就一福字。」她問：「你呢？」
『嘿嘿。』
「少裝神祕，你也只看出福而已。」暖暖說。
『被妳猜中了。』我笑了笑。

李老師看大夥都出來了，讓大家圍在一起後，說：

福字碑有三百多年歷史，為康熙御筆親題，上頭還蓋了康熙印璽。北京城內，康熙只題了三個字，另兩個字是紫禁城交泰殿的「無為」匾額，但無為並未加蓋康熙印璽。康熙祖母孝莊太后，在六十大壽前突然得了重病，太醫束手無策，康熙便寫了這個福字為祖母請福續壽。孝莊得到這福字後，病果真好了。這塊碑是大清國寶，一直在紫禁城中，乾隆時卻神祕失蹤，沒想到竟出現在和珅的後花園裡。和珅咋弄到手的，是懸案，沒人知道。但嘉慶抄和珅家時，肯定會發現這失落的國寶，咋不弄走呢？

李老師指著假山，讓大家仔細看看假山的模樣，接著說：

傳說京城有兩條龍脈，一條是紫禁城的中軸線、另一條是護城河，恭王府的位置就是兩條龍脈交接處，因此碑可能會動龍脈。再看這假山，看出龍的形狀了嗎？假山上有兩口缸，有管子把水引進缸內，但缸是漏的。水從缸底漏到假山，山石長年濕潤便長滿青苔，龍成了青龍，青龍即是清龍。福字碑位於山底洞中，碑高雖只一米多，長卻近八米，幾乎貫穿整座假山；若把碑弄走，假山便塌了，清龍也毀了。嘉慶會冒險弄斷大清龍脈毀了清龍嗎？所以嘉慶憋了一肚子窩囊氣，用亂石封住祕雲洞口。1962年重修恭王府時，考古人員才意外在洞內發現這失蹤已久的福字碑。

「到故宮要沾沾王氣，到長城要沾沾霸氣，到恭王府就要沾沾福氣。希望同學們都能沾滿一身福氣。」李老師笑說，「這福字裡包含了多少字？回去慢慢琢磨。現在自個兒逛，半個鐘後大門口集合。」

大夥散開，我和暖暖往寧靜偏僻的地方走，來到垂花門內的牡丹院。
院子正中有個小池，我們便在水池邊的石頭上坐著歇息。

「我們都只看出一個福字，這樣能沾上福嗎？」暖暖說。
『嗯……』我想了一下，『不知道耶。』
而且我連玻璃都沒摸，搞不好那塊玻璃已吸取了福字碑的福氣。
『暖暖。』我抬起左臉靠近她，『來吧，我不介意。』
「啥？」
『想必妳剛剛一定摸過那塊玻璃，就用妳的手摸摸我的臉吧。』
「你想得美。」暖暖說，「況且玻璃我也沒摸上。」

「學長。」學弟走過來，說：「讓我來為你效勞吧。」
學弟說完便嘟起嘴，湊過來。
『幹嘛？』我推開他。
「我在洞裡滑了一跤，嘴巴剛好碰到玻璃。讓我把這福氣過給你。」
他又嘟起嘴湊過來。
『找死啊。』我轉過他身，踹了他屁股一腳。
學弟哈哈大笑，邊笑邊跑到王克身邊。

「多多少少還是會沾上點福氣。」暖暖說。
『其實……』
暖暖打斷我，說：「你可別說奇怪的話，把沾上的福氣給嚇跑了。」
『喔。』我閉上嘴。

暖暖見我不再說話，便說：「有話就說唄。」

『我怕講出奇怪的話。』

「如果真是奇怪的話，我也認了。」暖暖笑了笑。

『我剛剛是想說，其實到不到恭王府無所謂，因為來北京能認識妳，就是很大的福氣了。』

暖暖臉上帶著靦腆的微笑，慢慢的，慢慢的將視線轉到池子。

我見她不說話，也不再開口，視線也慢慢轉到池子。

「池裡頭有小魚。」過了許久，她終於開口。

池子裡幾條小魚正在岸邊游動，她右手伸進池子，跟在魚後頭游動。

我右手也伸進池子，有時跟在魚後頭，有時跑到前頭攔截。

「唉呀，你別這樣，會嚇著魚的。」暖暖笑著說。

『那妳嚇著了嗎？』我問。

暖暖沒答話，輕輕點了點頭。

『嗯……這個……』我侷促不安，『我只是說些感受，妳別介意。』

「沒事。」暖暖說。

我和暖暖的右手泡在水裡且靜止不動，好像空氣中有種純粹的氣氛，只要輕輕攪動水面或是收回右手便會打亂這種純粹。

「咋今天的嘴特甜？」暖暖說，「是不是因為吃了炸奶糕？」

『也許吧。』我說。

「吃了炸奶糕後，我到現在還口齒留香呢。」她笑了笑。

『我也是。』我說，『不過即使我吃了一大盤臭豆腐，嘴變臭了，
　還是會這麼說。因為這話是從心裡出來的，不是從嘴裡。』
然後又是一陣沉默。

我看了看錶，決定打破沉默，說：『暖暖，時間差不多了。』
『嗯。』暖暖收回右手，站起身。
我也站起身，轉了轉脖子，抒解一下剛剛久坐不動的僵硬。
暖暖左手正從口袋掏出面紙，我突然說：『等等。』
「嗯？」暖暖停止動作，看著我。
『妳看，』我指著水池，『這水池像什麼？』
暖暖轉頭仔細端詳水池，然後低叫一聲：「是蝙蝠。」
『我們最終還是沾上了福氣。』我笑了笑，『手就別擦乾了。』

走了幾步，暖暖右手手指突然朝我臉上一彈，笑著說：
「讓你的臉也沾點福氣。」
水珠把我的眼鏡弄花了，拿下眼鏡擦乾再戴上後，暖暖已經跑遠了。
等我走到恭王府大門看見暖暖準備要報仇時，右手也乾了。

李老師帶領大家到一僻靜的胡同區，晚飯吃的是北京家常菜。
不算大的店被我們這群學生擠得滿滿的。
老闆知道我們有一半是台灣來的，便一桌一桌問：「還吃得慣嗎？」
『是不是吃不慣不用給錢？』我轉頭問暖暖。
「小點聲。」她用手肘推了推我。

『是不是吃不慣……』我抬高音量。

「喂！」

暖暖急了，猛拉我衣袖，力道所及，筷子掉落到地，發出清脆聲響。

老闆走過來，問我和暖暖：「吃不慣嗎？」

「挺慣、特慣、慣得很。」暖暖急忙回答。

『確實吃不慣。』我說，『我吃不慣這麼好吃的菜，覺得不太真實，像作夢似的。』

老闆先是一愣，隨即哈哈大笑，拍拍我肩膀說：

「好樣的，真是好樣的。」

「你非得瞎說才吃得下飯嗎？」暖暖的語氣有些無奈。

『挺慣、特慣、慣得很。』我笑說：『三慣合一，所向無敵。』

暖暖扒了一口飯，自己也覺得好笑，便忍不住笑出來。

這頓飯有熬白菜、炒麻豆腐、油燜蝦、蒜香肘子、京醬肉絲等，
每一樣都是味道鮮美而且很下飯，讓我一口氣吃了三碗白飯。

李老師走來我們這桌，微笑說：「老闆說今天烤鴨特價，來點？」

大家立刻放下筷子，拍起手來。拍手聲一桌接著一桌響起。

看來我們這些學生果真沾上了福氣。

吃完飯離開飯館時，老闆到門口跟我們說再見。

我對老闆說：『歡迎以後常到北京玩。』

老闆又哈哈大笑，說：「你這小子挺妙。」

我吃得太飽，一上車便癱坐在椅子上。暖暖罵了聲：「貪吃。」

下車時還得讓學弟拉一把才能站起身。

學生們養成了習慣，結束一天行程回學校洗個澡後，便聚在教室裡。

學弟買了一件印上福字的 T 恤，把它攤在桌上，

大夥七嘴八舌研究這個字。T 恤上的圖案長這樣：

「琢磨出來了嗎？」李老師走進教室說。

「還沒。」大夥異口同聲。

「右半部是王羲之『壽』字的寫法。」李老師手指邊描字邊說，

「左半部像『子』還有『才』，右上角筆劃像『多』，右下角是

『田』，但田未封口，暗指無邊之福。」

大夥頻頻點頭，似乎恍然大悟。

「這字包含子、才、多、田、福、壽，即多子、多才、多田、多福、

　多壽的意思。」李老師笑了笑，「明白了嗎？」

『康熙的心機真重。』我說。

「別又瞎說。」暖暖說。

「和珅才算是工於心計、聰明絕頂。只可惜他求福有方、享福有道，
　卻不懂惜福。因此雖然榮華一生且是個萬福之人，最終還是落了個
　自盡抄家的下場。」李老師頓了頓，「福的真諦，其實是惜福。」
李老師說完後，交代大家早點休息，便走出教室。

大夥又閒聊一陣，才各自回房。
學弟回房後，立刻把福字T恤穿上。徐馳還過去摸了一圈。
「好舒服喔。」學弟說，「學長，你也來摸吧。」
我不想理他。
「學長，我還穿上福字內褲喔。」學弟又說，「真的不摸嗎？」
『變態！』我抓起枕頭往他頭上敲了幾下。
學弟哈哈大笑，徐馳和高亮也笑了。

我躺在床上，仔細思考李老師所說：福的真諦，其實是惜福。
如果說認識暖暖真的是我的福氣，那又該如何惜福呢？

5.

暖暖笑著的同時，我彷彿聽見心裡的聲音。

也許那聲音一直在心裡亂竄，直到此刻遇見回音壁，才清晰湧現。

『暖暖，我……』我說。

「後面聽不清楚。」暖暖的聲音。

『暖暖。』我把聲音降到最低最輕最小，說：『我喜歡妳。』

「後面還是聽不清楚呀。」

『別裝樣了。』我說。

「我沒裝樣呀。」暖暖似乎急了。

暖暖，我知道妳沒聽見，但總之我說了。

這是我心裡的回音。

這種回音不需要被回應，它只想傳遞。

一早醒來，走到盥洗室時還迷迷糊糊糊。

碰見學弟，他說：「學長，哈你個卵。」

我瞬間清醒，掐住他脖子，說：『一大早就討打。』

「是徐馳教我的。」學弟在斷氣前說。

徐馳說這是他們家鄉話，問候打招呼用的。

也不知道真的假的，但看徐馳的模樣又不像開玩笑。

如果對女生講這句應該會被告性騷擾；

碰上男生講這句，大概會被痛毆一頓。

但總比那男生真脫下褲子請你打招呼要好。

在食堂門口，李老師跟張老師商量一會後，說：

「咱們今天到外面喝豆汁去，感受一下老北京的飲食文化。」

我問暖暖：『豆汁就是豆漿嗎？』

「當然不是。」她說，「豆漿是黃豆做的，豆汁則是綠豆。豆汁只有
　北京有，別的地方是喝不到的。」

『好喝嗎？』我又問。

「準保讓你印象深刻。」暖暖的表情透著古怪。

我覺得奇怪，問了徐馳：『豆汁好喝嗎？』

「會讓你畢生難忘。」徐馳臉上的神情也很古怪。

高亮是個老實人，講話會比較直，便又問高亮：『豆汁好喝嗎？』

「嗯……」高亮沉吟一會，「我第一次喝了後，三月不知肉味。」

印象深刻、畢生難忘、三月不知肉味，怎麼都是這種形容詞。
回答好不好喝那麼難嗎？

如果你問：那女孩長得如何？
人家回答：很漂亮，保證讓你畢生難忘。
你當然會很清楚知道，你將碰到一個絕世美女。
但如果人家只回答：保證讓你印象深刻、畢生難忘、三月不知肉味。
你怎麼曉得那女孩漂不漂亮？碰到恐龍也是會印象深刻到畢生難忘，
於是三個月吃不下飯啊。

一走進豆汁店裡，馬上聞到一股酸溜溜的嗆鼻味道，讓人不太舒服。
濃稠的豆汁顏色灰裡透綠；另外還有一盤鹹菜絲、一盤焦圈。
細長的鹹菜絲灑上芝麻、辣椒油，焦圈則炸得金黃酥透。
「這得趁熱喝。」暖暖告訴我，眼神似笑非笑。
我戰戰兢兢端起碗，嘴唇小心翼翼貼住碗邊，緩緩地啜了一小口。
『哇！』
我慘叫一聲，豆汁不僅酸而且還帶著餿腐的怪味，令人作嘔。

擠眉弄眼、搯鼻抓耳、齜牙咧嘴，五官全用上，還是甩不掉那怪味。
暖暖笑了，邊笑邊說：「快吃點鹹菜絲壓壓口。」
我趕緊挾了一筷子鹹菜絲送入口中，胡亂嚼了幾口，果然有效。
『豆汁的味道好怪。』我說。
「那是幻覺。」暖暖說，「再試試？」

我又端起碗，深呼吸一次，重新武裝了心理，憋了氣再喝一口。

這哪是幻覺？這是真實的怪味啊。豆汁滑進喉嚨時，我還差點噎著。

氣順了後，放下碗，眼神空洞，望著暖暖。

「要喝這豆汁，需佐以鹹菜絲和焦圈，三樣不能少一樣。」暖暖說，

「豆汁的酸、鹹菜絲的鹹與辣、焦圈的脆，在酸、鹹、辣、脆的夾擊

中，口齒之間會緩緩透出一股綿延的香。」

暖暖一口豆汁、一口鹹菜絲、一口焦圈，吃得津津有味，眉開眼笑。

我越看越奇，簡直是不可思議。

「意猶未盡呀。」暖暖說。

『請受小弟一拜。』我說。

隔壁桌的學弟突然跑過來，蹲下身拉住我衣角，說：

「學長，我不行了，快送我到醫院。」

『你怎麼了？』

「我把整碗豆汁都喝光了。」學弟說完便閉上雙眼。

『振作點！』我啪啪打了他兩耳光。

學弟睜開雙眼，站起身撫著臉頰，又回到他座位上。

「剛剛的耳光，你好像真打？」暖暖說。

『是啊。』我忍不住吃吃笑了起來，『我學弟愛玩，我也樂得配合

演出。對了，剛說到哪？』

「你說你想拜我。」

我起身離開座位，單膝跪地、雙手抱拳，曰：『姑娘真神人也。』
「其實我第一次喝豆汁時，也忍受不了這怪味。」她笑著拉我起身，
「後來連續喝了大半個月，習慣後才喝出門道，甚至上了癮。」

『真是風情的哥哥啊。』我說。
「啥？」
『不解。』
「呀？」
『因為有句話叫不解風情，所以風情的哥哥，就叫不解。』
「你喝豆汁喝傻了？」暖暖說，「我完全聽不懂你說的。」

『我的意思是，我很不解。』我說，『想請教您一件事。』
「說唄。」
『妳第一次喝豆汁時，反應跟我差不多？』
「嗯。」她點點頭，「可以這麼說。」
『後來妳連續喝了半個多月才習慣，而且還上了癮？』
「是呀。」她笑了笑，「那時只要打聽到豆汁老店，再遠我都去。」
『既然妳第一次喝豆汁時就覺得根本不能接受……』我想了半天，
『又怎麼會再連續喝半個多月呢？』
暖暖睜大眼睛，沒有答話，陷入一種沉思狀態。

「這還真是百思的弟弟。」過了許久，暖暖才開口。
『嗯？』我說。

「也叫不解。」她笑說,「因為百思不解。」

『妳怎麼也這樣說話?』

「這下你總該知道聽你說話的人有多痛苦了。」

『辛苦妳了。』我說。

「哪兒的話。」暖暖笑了笑。

「喝豆汁的文化據說已有千年。所以味道再怪,我也要堅持下去。」

暖暖似乎找到喝豆汁的理由,「總之,就是一股傻勁。」

『妳實在太強了。』我嘖嘖讚嘆。

「涼涼。」她指著我面前的碗,「還試嗎?」

我伸出手端起碗,卻始終沒勇氣送到嘴邊,嘆口氣,又放下碗。

她笑了笑,端起我的碗。我急忙說:『我喝過了。』

「沒事。」暖暖說,「做豆汁很辛苦的,別浪費。」

徐馳走過來,看到我面前的空碗,驚訝地說:「老蔡,你喝光了?」

『嘿嘿。』我說。

「沒事吧?」他看看我的眼,摸摸我的手,搖搖我身子。

『嘿嘿嘿。』我又說。

「真想不到。」他說,「來!咱哥兒們再喝一碗!」

『馳哥!』我急忙拉住他,『是暖暖幫我喝光的。』

徐馳哈哈大笑,暖暖也笑了,我笑得很尷尬。

我觀察一下所有學生的反應,台灣學生全都是驚魂未定的神情;

北京學生的反應則很多元，有像暖暖、徐馳那樣超愛喝豆汁的人，
也有像高亮那樣勉強可以接受的人，當然更有避之唯恐不及的人。
李老師擔心大家喝不慣豆汁以致於餓了肚子，還叫了些糖火燒
、麒麟酥、密三刀、鹹油酥之類的點心小吃。

回學校路上，暖暖感慨說：「不知道啥原因，豆汁店越來越少了。」
『我知道為什麼豆汁店越來越少的原因。』我說。
「原因是啥？」暖暖說。
『現在早點的選擇很多，雖然豆汁別具風味，但哪個年輕人願意忍受
　喝餿水一段時間，直到餿水變瓊漿玉液？誰能忍受這段過程？』
「涼涼。」暖暖意味深長地說：「你這話挺有哲理的。」
『是嗎？』
「嗯。」暖暖點點頭，笑著說：「真難得唷。」

『如果世上的男女都能以純真的心對待彼此，』我看著遠方，說：
『到那時豆汁就可以含笑而香了。』
「含笑而香？」
『如果人人都能純真，豆汁便不必以酸、餿、腐來偽裝自己和試煉
　別人，直接用它本質的香面對人們就可以了啊。』
「你講的話跟豆汁一樣，」暖暖說，「得聽久了才會習慣。」
『習慣後會上癮嗎？』
「不會上癮。」暖暖笑了笑，「會麻痺。」

走進教室上課前，好多同學拚命漱口想沖淡口齒之間豆汁的怪味。

我猜那怪味很難沖淡，因為已深植腦海且遍佈全身。

果然老師一走進教室，便問：「咋有股酸味？剛去喝豆汁兒了嗎？」

老師自顧自地說起豆汁的種種，神情像是想起初戀時的甜蜜。

「豆汁兒既營養滋味又獨特，我好陣子沒喝了，特懷念。」

老師，拜託別再提豆汁了，快上課吧。

「昨天的床前明月光同學呢？」這是老師言歸正傳後的第一句話。

大夥先愣了幾秒，然後學弟才緩緩舉起手。

「來。」老師笑了笑，拿出一卷軸，「這給你。」

學弟走上台，解掉綁住卷軸的小繩，卷軸一攤開，快有半個人高度。

上面寫了兩個又黑又濃又大的毛筆字：「才子」，旁邊還落款。

學弟一臉白痴樣，頻頻傻笑，大夥起鬨要照相。

學弟一會左手比V、右手拿卷軸；一會換左手拿卷軸、右手比V；

一會雙手各比個V，用剩餘的指頭扣著卷軸。

閃光燈閃啊閃，學弟只是傻笑，口中嘿嘿笑著。

真是白痴，他大概還不知道所有鏡頭的焦點都只對準那幅卷軸。

老師簡略提起漢字從甲骨文、金文、篆書、隸書、楷書的演變過程，

最後提到繁體字與簡體字。

說完便給了我們一小本繁簡字對照表，方便我們以後使用，並說：

「由繁入簡易、由簡入繁難。北京的同學要多用點心。」

老師接著講漢字簡化的歷史以及目的，然後是簡化的原則和方法。

我是看得懂簡體字的台灣人，因為念研究所時讀了幾本簡體教科書。
剛開始看時確實不太懂，看久了也就摸出一些門道。
偶爾碰到不懂的字，但只要它跟它的兄弟連在一起，還是可以破解。
印象中只有「广」和「叶」，曾經困擾我一陣子。
第一次看到广時，一張桌子一隻腳，上頭擺了個東西，那還不塌嗎？
叶也是，十個人張口，該不會是吵吧？
後來跟同學一起琢磨，還請教別人，終於知道分別是廣和葉。

老師提醒有兩種情形要特別注意，一是簡化後跟已有的字重複，如：
後（后）、麵（面）、裡（里）、醜（丑）、隻（只）、雲（云）。
二是兩個字簡化後互相重複，如獲、穫簡化成获；幹、乾簡化成干；
髮、發簡化成发；鐘、鍾簡化成钟；復、複簡化成复等。
「如果老爸將他四個女兒分別叫劉雲雲、劉云云、劉雲云、劉云雲，
　那這四個女孩的名字簡化後都叫 云云。」老師笑了笑，
「這也是簡化漢字的好處，人變少了，反正中國人口太多。」

我看著黑板上寫的髮和發，簡化後都是发，這讓我很納悶。
『暖暖。』我轉頭說，『我頭发白了。』
暖暖仔細打量我頭髮，然後說：「沒看見白頭发呀。」
『我的意思是：頭"发白"了。』
「頭咋會发白？」

『頭本來是黑色的，理了光頭就變白了。』

「無聊。」暖暖瞪我一眼。

『而且頭髮白是驚嚇的最高境界，比臉發白還嚴重。』我說。

暖暖轉過頭去，不想理我。

「隻」簡化變「只」，如果有人說：「我養的豬只會吃青菜。」

是豬也會吃青菜的意思？還是牠是具有佛性的豬，於是只吃青菜？

「幹」、「乾」簡化後都是「干」，如果有天我當了書店員工，

看到一本小說叫《我干妹妹的故事》，干是動詞？還是形容詞？

我怎麼知道要把它擺進情色文學區？還是青春小說區？

「麵」簡化變「面」，如果我英雄救美，美人不好意思開口道謝，

於是她用簡體字寫了紙條：「为了感谢你，我下面给你吃。」

我實在分不出來她是親切還是淫蕩？萬一會錯意就完了。

雖然看來似乎很恐怖，但對寫簡體字小說的人反而是好事。

因為充滿了很多雙關語，必然為小說帶來更高的精彩度，

這是寫繁體字小說者無法享受的特權。

快下課前，老師說他以前跟台灣朋友常用電子郵件通信，

那時繁簡字電腦編碼的轉換技術還不成熟，往往只能用英文溝通。

「沒想到都用中文的人竟然得靠英文溝通。」老師感慨地說，

「結果大家的英文都變好了，中文卻變差了。」

老師說完後頓了頓，意味深長地看了全體學生一眼，然後說：

「希望你們以後不會出現這種遺憾。」

下了課，李老師催我們到食堂吃飯；到了食堂，又催我們吃快點。

「抓緊時間。」李老師說，「去天壇一定要人最少的時候去。」

『為什麼要挑人最少的時候去天壇？』我問暖暖。

「別問我。」她說，「我也不知道。」

『為什麼現在去天壇，人最少？』我又問。

「現在是大熱天，又正值中午，誰會出門亂晃？」她回答。

『為什麼……』

「別再問為什麼了。」暖暖打斷我，「再問我就收錢了。」

我掏出一塊人民幣放到她面前，問：『為什麼妳長得特別漂亮？』

「這題不用錢。」暖暖笑了，「因為天生麗質。」

大夥從南天門進入天壇，果然天氣熱又逢正午，幾乎沒別的遊客。

進門就看到露天的上、中、下三層圓形石壇，李老師說這叫圜丘壇。

圜丘壇被兩重矮牆圍著，外面正方形、裡面圓形，象徵著天圓地方。

這裡是皇帝冬至祭天的地方。

「先繼續往北走，待會再折回來。」李老師說。

我們沿著圜丘壇下層石壇邊緣走弧線，走到正北再轉直線前進。

一出圜丘壇，便看到一座具藍色琉璃瓦單簷尖頂的殿宇。

「這是皇穹宇，是供奉皇天上帝和皇帝祖先牌位的地方。」

同學們一聽，便想往殿內走去。李老師說等等，先往旁走。

「太好了，這時候果然沒人。」李老師在圓形圍牆旁停下腳步，說：
「這裡是回音壁。待會兩人一組，各站在圓形直徑的兩端，對著牆
　說話，聲音不必大，也不用緊貼著牆。試試能不能聽出回音。」

回音壁直徑61.5公尺、高3.7公尺、厚0.9公尺，是皇穹宇的圍牆。
牆身為淡灰色城磚，磨磚對縫、光滑嚴密，牆頂為藍色琉璃瓦簷。
奇怪的是，現在氣溫超過30度，但沿著圓牆走，卻是清涼無比。
我走到定位，耳朵靠近牆，隱約聽到風聲，還有一些破碎的聲音。
「涼涼。」
是暖暖的聲音，但聲音似乎被冰過，比她的原音更冷更低。
『妳是人還是鬼？』我對著牆說。
暖暖笑了，笑聲細細碎碎，有點像鳥叫聲。

「我聽到了。」暖暖的聲音。
『我也聽到了。』我說。
「你吃飽了嗎？」
『我吃飽了。』
「涼涼。」
『暖暖。』
「我不知道該說啥了。」暖暖的聲音。
『我也是耶。』我說。

暖暖和我都很興奮，興奮過了頭，反而不知道該說什麼？

以前是看著人說話，現在對牆壁說話、從牆壁聽到回答，真不習慣。

我們隨便說些不著邊際的話，反正話不是重點，重點只是發出聲音。

我學狗叫，暖暖學貓叫；我再學被車撞到的狗，她學被狗嚇到的貓。

「我是才子啊，佳人在哪？」學弟的聲音。

轉頭看見王克在我五步外，她瞥見我，有些不好意思便走開了些。

「我要去暖暖！」暖暖的聲音。

我吃了一驚，決定裝死。

『聽不清楚啊。』我說。

「別裝樣了，你明明聽到了。」

『我沒裝樣啊。』我說完就發現露底了。

果然暖暖笑了，還笑得又細又長，似乎想讓我覺得不好意思。

暖暖笑著的同時，我彷彿聽見心裡的聲音。

也許那聲音一直在心裡亂竄，直到此刻遇見回音壁，才清晰湧現。

『暖暖，我……』我說。

「後面聽不清楚。」暖暖的聲音。

『暖暖。』我把聲音降到最低最輕最小，說：『我喜歡妳。』

「後面還是聽不清楚呀。」

『別裝樣了。』我說。

「我沒裝樣呀。」暖暖似乎急了。

暖暖，我知道妳沒聽見，但總之我說了。

這是我心裡的回音。

這種回音不需要被回應，它只想傳遞。

李老師讓大夥玩了20分鐘，才簡略說出回音壁的原理。

這道理不難懂，聲波在圓形的凹面內，藉由連續反射而傳播。

牆面堅硬光滑，讓聲波逸散減到最小，才能聽到幾十公尺外的回音。

道理說來簡單，但建築時的精確計算、建材的選擇、施工的細密，

才是這幾百年前興建的回音壁不可思議之處。

我這時才知道李老師為什麼一定要挑人最少的時候來，

因為一旦遊客多，所有人七嘴八舌亂喊亂叫：

丫頭、老爸、妹子唷、哥哥呀、我想放屁、吃屎吧你⋯⋯

你能聽出什麼？

別說幾十公尺外的回音了，有人在附近高喊救命你也未必聽得見。

李老師帶領大夥走回皇穹宇的大殿前，當我們又想走進殿內時，

「再等等。」李老師笑了。

他在皇穹宇前自北向南的甬道上跨了三大步，停在第三塊石板上。

「這是三音石。大家輪流在此擊掌，試試能不能聽到三個回聲。」

大夥一個一個輪流站在第三塊石板上用力擊掌，每個人都擊完掌後，

便圍在一起詢問彼此聽到的回音狀況，然後討論起原理。

第三塊石板剛好是回音壁圓心，聲音向四周傳播，碰到回音壁反射，
回到圓心聚集；然後繼續前進，碰回音壁，再反射，又回到圓心。
只不過聲音終究會損失，所以聽到的回聲會越來越弱。
在環境極度安靜、擊掌力道夠強、耳朵內沒耳屎的條件下，
搞不好可以隱約聽到第四個回聲。

「你們好厲害。」李老師拍拍手。
「老師應該站在第三塊石板上拍手，我們會覺得更厲害。」學弟說。
李老師笑了笑，站在三音石上用力拍手十幾聲，我們也都笑了。
這其實不算什麼，畢竟我們這群學生當中，不管來自台灣或北京，
起碼有一半念理工。

走回三層的圜丘壇，我們直接爬到最上層，壇面除中心石是圓形外，
外圍各圈的石頭均為扇形。
「這塊叫天心石。」李老師指著中心那塊圓石，「據說站在那兒即使
　小聲說話，回音卻很洪亮，而且好像是從天外飛來的回音。這原理
　你們比老師內行，說給我聽聽？」

這原理跟三音石差不多，天心石正好在圓心，圓周是漢白玉石欄板。
聲波向四周傳播，碰到堅固圓弧形欄板後，反射回到圓心集中。
與三音石不同，圜丘壇面光滑、壇內無任何障礙物，且圓半徑較小，
因此發出聲音後，回音以極快速度傳回，幾乎無法分辨回音與原音。
原音與回音疊加的結果，聲音聽起來便更加響亮且有共鳴感。

又因為聲波由四面八方反射傳回，根本搞不清楚回音的方向，
便會有回音是從天外飛來的錯覺。

「古時皇帝在此祭天，只要輕喊一聲，四面八方立刻傳來洪亮回聲，
　就像上天的神諭一般，加上祭禮時莊嚴肅穆，氣氛更顯神祕。」
李老師又說環繞天心石的扇形石是艾青石，上、中、下層各九環，
越外環扇形石越多，但數目都是九的倍數。
層與層的階梯各九級，上中下層石欄板分別是 72、108、180 塊，
不僅都是九的倍數，而且加起來共 360 塊，符合 360 周天度數。
藉由反覆使用九和九的倍數以呼應九重天，並強調天的至高無上。

李老師要我們輪流站上天心石試試，可惜現在已出現一些遊客，
在人聲略微吵雜的環境中，回音效果恐怕不會太好。
有個小女孩拉著她老爸放聲大哭，我幾乎脫口而出叫所有人都閉嘴，
就讓她坐在天心石上大哭，看看會不會哭聲震天，讓老天不爽打雷。

輪到我站上天心石時，我仰望著天，說：『謝謝啦。』
可能是心理作用，我覺得聲音確實變大了，隱約也聽到回聲。
「你說啥呀。」暖暖說。
我告訴暖暖，中學時念過一篇叫〈謝天〉的課文，陳之藩寫的。
裡頭有句：「因為需要感謝的人太多了，就感謝天吧。」
那時感動得一塌糊塗，現在終於可以直接向老天表達感謝之意。

『我還聽到回聲喔。』我說,『而且不只一個。』

「真的嗎?」暖暖很好奇。

『嗯。』我點點頭,『我聽到九個回聲,第一個回聲是:不客氣。』

「⋯⋯」

『第二個回聲是⋯⋯』

「你別說。」暖暖打斷我,「因為我沒問。」

『讓我說嘛。』

暖暖不理我,加快腳步往前走。

我在後頭自言自語,依序說出第二個到第八個回聲:你辛苦了、你真是客氣的人、很少看到像你這樣知恩圖報的人、北京好玩嗎、還習慣嗎、累不累、有沒有認識新朋友。

『第九個回聲最重要,因為是九。祂說:暖暖確實是個好女孩。』

暖暖停下腳步,說:「為什麼第九個回聲會提到我?」

『當第八個回聲說有沒有認識新朋友?我便在心裡回答:有,她叫暖暖,她是個好女孩。』我說,『於是祂便給了第九個回聲。』

暖暖轉過身面對我,停了幾秒後,說:「瞎說了這麼久,渴了吧?」

『嗯。』我點點頭。

「待會買瓶酸奶喝。」暖暖笑了。

『好啊。』我也笑了。

我和暖暖並肩走著，她說：「想知道剛剛我在天心石上說啥嗎？」

『妳在天心石上說什麼？』我問。

「我想去暖暖。」暖暖說，「而且我也聽到回音呢。」

『妳別說。因為我沒問。』我說。

「嘿嘿，我也聽到九個回聲。」她笑了，「前面八個回聲：挺好呀、
　　就去唄、一定要去、非去不可、不可不去、不去不行、不去的話我
　　就打雷、打雷了妳還是得去。」

我加快腳步跑走，暖暖立刻跟上來；我東閃西閃，她還是緊跟在旁。

「第九個回聲最重要，因為是九。祂說：這是暖暖和涼涼的約定。」

『還好妳只是瞎說。』我說。

「反正你聽到了。」暖暖聳聳肩。

又來到了皇穹宇，這次終於可以走進殿內了。

總共三次經過皇穹宇門口卻沒走進去，我們好像都成了大禹了。

殿內正北有個圓形石座，最高處的神龕內供奉著皇天上帝的神位。

殿內東西兩廂各排列四個神位，供奉清朝前八位皇帝，

分別是努爾哈赤、皇太極、順治、康熙、雍正、乾隆、嘉慶、道光。

『我記得清朝共有十二個皇帝。』我問暖暖：『咸豐、同治、光緒、
　　宣統的神位呢？』

「興許他們覺得把中國搞得烏煙瘴氣，便不好意思住了。」暖暖說。

離開皇穹宇繼續朝北走，走在長長的丹陛橋上，兩旁都是柏樹。

李老師說天壇內有六萬多株柏樹，密植的柏樹讓天壇顯得更肅穆。

丹陛橋由南向北，逐漸緩慢升高，並明顯被劃分為左、中、右三條。

中間是神走的神道；右邊是皇帝走的皇道；左邊是王公大臣的王道。

李老師話剛說完，所有同學不約而同都走到中間的神道。

『神道根本沒必要。』我說，『既然是神，難道還會用走的嗎？』

暖暖笑出來，說：「你這問題，還真讓人答不上來。」

終於來到天壇的代表建築祈年殿，這是鎏金寶頂的三重簷圓形大殿，

殿簷是深藍色，用藍色琉璃瓦鋪砌成。藍色和圓，都是代表天。

皇帝在這裡舉行儀式，祈求風調雨順、五穀豐登。

殿高九丈九（約32米），全部採用木結構，以28根木柱支撐殿頂。

28根木柱分三圈，內圈4柱代表四季；中圈12柱代表十二個月；

外圈12柱代表十二個時辰；中外圈相加為24，代表二十四節氣；

三圈相加為28，代表二十八星宿。

祈年殿坐落在三層圓形漢白玉台基上，每層都有雕花的漢白玉欄板。

遠遠望去，深藍色的殿簷、純白色的漢白玉、赭色的木門和木柱、

和璽彩繪的青、綠、紅、金，整體建築的色彩對比強烈卻不失和諧。

我和暖暖在祈年殿大門往南遠眺，丹陛橋以極小坡降筆直向南延伸，

兩旁古柏翠綠蒼勁，偶見幾座門廊殿宇，視野似乎沒有盡頭。

這令人有種正從天上緩慢滑下來的錯覺。

暖暖買來了酸奶，我們便享受一面滑行、一面喝酸奶的快感。

大夥從北天門離開天壇，李老師說要讓我們去前門大石辣兒逛逛。
大石辣兒離天壇不遠，一下子就到了。
「大石辣兒是北京最古老、也曾是最繁華的商業區，是老字號最密集
　的地方。經營中藥的同仁堂、布匹的瑞蚨祥、帽子的馬聚源、布鞋
　的內聯陞、經營茶葉的張一元等，都是響噹噹的百年老店。」
李老師說著說著已走到街口，約兩層樓高的鐵製鏤空柵欄上頭，
題了三個大金字：大柵欄。

『這……』我有些激動，問暖暖：『難道這就是……』
「大石辣兒。」暖暖笑了。
『柵欄可以唸成石辣嗎？』
「我查過字典。」暖暖說，「不行。」
『那……』
「別問了。」暖暖說，「就跟著叫唄。」

明孝宗時，為防止京城內日益猖獗的盜賊，便在街巷口設立柵欄，
夜間關閉，重要的柵欄夜間還有士兵看守。
由於商店集中，柵欄建得又大又好，因此人們就叫這裡「大柵欄」。
清初有禁令：「內城逼近宮闕，嚴禁喧譁」，這裡剛好在警戒線外，
大家便來這裡找樂子，現存的慶樂園、廣德樓、廣和園等戲園子，
當時都是夜夜笙歌的場所。
這裡也成為老北京人喝茶、看戲、購物的地方，是生活中的一部分。

我和暖暖沿街閒逛，先被一座像是戲園子建築的大觀樓吸引住目光，
上頭還有「中國電影誕生地」的牌匾。
裡頭是上下兩層環形建築，有大量歷史照片和畫冊掛在四周牆壁上。
原來這是電影院，1905年中國第一部電影《定軍山》就在這放映。
看到陳列的舊時電影放映器材，我想起小時候看的露天電影。
那時只要有慶典，廟口空地總是拉起長長的白幕，夜間便放映電影。
我總喜歡待在放映師旁，看他慢慢捲動電影膠帶。
暖暖說她小時候也特愛看露天電影。

走出大觀樓，心裡裝滿舊時回憶，彷彿自己已變回活蹦亂跳的小孩。
大柵欄是步行街，沒車輛出入，商家老字號牌匾襯托出街景的古老。
這裡都是商店，但我口袋不滿，因此購買欲不高。
服務態度還算不錯，有時顧客買了東西，店員常會說：
「這是您——買的東西，這是您——要的發票，我把發票放在這
　袋子裡，您——比較好拿。」
說到「您」字總是拉長尾音，挺有趣的。

當看到商品標示的價錢時，我立刻換算成台幣，價錢果然便宜。
「人民幣和台幣咋換算？」暖暖問。
『大約一比四。』我說，『一塊人民幣可換四塊台幣。』
「嗯。」暖暖點頭表示理解，然後指著一個標著兩百塊的花瓶，
「所以這是五十塊台幣？」
『是八百塊台幣啦！』我瞪大眼睛不敢置信。
暖暖吐了吐舌頭，說：「我算術一向不好。」

『這哪叫不好？』我說，『這叫很糟。』

我從皮夾掏出一張自從來北京後就沒有出來曬太陽的百元台幣，說：
『跟妳換一百塊人民幣。』
「你想得美！」暖暖說。
『還好。』我笑了笑，『妳算術還不到無可救藥。』
暖暖似乎對我手中的紅色鈔票感到好奇，我便遞給她。
「這是孫中山嘛。」暖暖看了看後，說。
『妳也認得啊。』我說，『好厲害。』
「誰不認得。」暖暖白了我一眼。

我看暖暖對台幣很感興趣，便又掏出一張藍色千元鈔票遞給她。
「咋是小孩？」暖暖的表情顯得疑惑，「我以為會看到蔣介石呢。」
『以前確實是，前些年剛換。』
「我果然沒猜錯，你們應該會印上蔣介石……」她突然停住。
『怎麼了？』我問。
「我直接叫蔣介石，你不介意嗎？」
『為什麼要介意？』我很好奇。
「蔣──介──石。」暖暖一字一字說，「當真不介意？」
『當然不會啊。』我說，『妳叫他介石哥我才會介意。』
「你有毛病。」暖暖又瞪了我一眼。

我突然醒悟，這些天愉快而自然的相處，讓我們言語投機無話不談，

卻忘了彼此之間還存在著某些差異，甚至是禁忌。

『如果十年前妳直接叫蔣介石，也許我真會介意。但現在不會了。』

「為什麼？」

『在台灣，蔣介石從神到寇最後到魔，也不過花了十多年時間。』

暖暖欲言又止，似乎也突然想起我們之間的禁忌，於是簡單笑了笑。

暖暖應該不知道我說這些話時的心情。

對我們這一代的台灣學生而言，我們曾經天真但那是因為熱情。

在某段期間堅信的真理與信仰，往往不到幾年就被輕易粉碎；

而重新建立起的價值觀，也不知道何時又會粉碎？

我們不是不相信歷史，只是不知道該相信誰？

所以我們不再相信，也不再熱情。

如果我說給暖暖聽，她大概無法理解吧？

我試著轉移話題，掏出一張紅色百元人民幣，上頭是毛澤東肖像。

這是我在台灣先以台幣換成美金，到北京後再用美金換成的人民幣。

我不想告訴暖暖這複雜的過程，指著手中三張鈔票說：

『妳把千元台幣當成蔣介石、百元人民幣當成毛澤東、百元台幣當成
　孫中山。所以一個蔣介石可以換兩個半毛澤東；一個毛澤東可以換
　四個孫中山。明白了嗎？』

暖暖覺得好玩，便笑了笑、點點頭。

『對了。』我說，『我剛剛直接叫毛澤東，妳不介意嗎？』

「毛澤東一向跟群眾站在一起，直接叫名字有啥不對？」

『毛──澤──東。』我一字一字說，『當真不介意？』

「你挺無聊的。」

暖暖話才說完，隨即想起自己剛剛也有這種反應，便笑了起來。

『從台灣飛到香港再飛到北京，我大約花了10個蔣介石。』我問，

『請問這等於多少個孫中山？』

「這簡單。」暖暖說，「100個孫中山。」

『那等於多少個毛澤東？』我又問。

「25個呀。」暖暖笑著說。

『接下來是深奧的問題。』我說，『如果我花了2個蔣介石、3個
毛澤東、4個孫中山，請問這等於多少個毛澤東？』

「呀？」暖暖愣住了。

我們走進瑞蚨祥，裡面陳列各式各樣綢緞布匹，令人眼花撩亂。

還有個製衣櫃台，客人挑選好布料，裁縫師傅便可以量身訂作衣服。

旗袍也可訂製，量完身選好布料，快一點的話隔天就可以交貨；

如果是外地的觀光客，店家還會幫你把做好的旗袍送到飯店。

「9個毛澤東！」暖暖突然說。

我嚇了一跳，店內的人似乎也嚇了一跳，紛紛投射過來異樣的眼光。

「這是剛剛問題的答案。」暖暖有些不好意思，降低了音量。

離開瑞蚨祥，走進內聯陞，看見「中國布鞋第一家」的匾額。

『暖暖，妳的腳借我試試。』我說。

「想給愛人買鞋？」

『我沒愛人。』我說。

她笑了笑，彎下身解鞋帶。

『不過女朋友倒有好幾個，得買好幾雙。』我又說。

她手一停，然後把鞋帶繫上，站起身。

『開玩笑的。』我趕緊笑了笑，『我想買鞋給我媽。』

暖暖瞪我一眼，又彎身解鞋帶。

「你知道你媽腳的尺寸嗎？」暖暖問。

『大概知道。』

「當真？」

『小時候常挨打，我總是跪在地上抱我媽小腿哭喊：媽，我錯了！』

我笑著說：『看得久了，她腳的尺寸便深印在腦海。』

「淨瞎說。」暖暖也笑了。

暖暖幫我挑了雙手工納底的布鞋，黑色鞋面上繡著幾朵紅色小花。

這是特價品，88塊人民幣，我拿張紅色百元人民幣，把暖暖叫來。

『來，我們一起跟毛主席說聲再見。』我說。

暖暖不想理我，便走開。

店員找給我一張十元人民幣和兩個一元硬幣。

『妳看。』我走到暖暖身邊，指著十元人民幣上的毛澤東肖像，說：

『毛主席捨不得我們，換件衣服後又回來了。』

「北七。」暖暖說。

『罵得好。』我說，『這句就是這樣用。』

走出內聯陞，暖暖說要去買個東西，十分鐘後回來，說完就跑掉。
等不到五分鐘，我便覺得無聊，買了根棒棒糖，蹲在牆角畫圈圈。
「買好了。」暖暖又跑回來，問：「你在作啥？」
『我在扮演被媽媽遺棄的小孩。』我站起身。
「真丟人。」暖暖說。
『妳買了什麼？』我問。
「過幾天你就知道了。」暖暖賣了個關子。

大柵欄步行街不到三百公尺，但我和暖暖還是逛到兩腿發酸。
剛好同仁堂前有可供坐著的地方，我們便坐下歇歇腿。
『這裡真好，可以讓人坐著。』我說，
『如果天氣熱逛到中暑，就直接進裡頭看醫生抓藥。』
「是呀。」暖暖擦擦汗，遞了瓶酸奶給我。
我發覺夏天的北京好像缺少不了冰涼的酸奶。

「常在報上看見大柵欄的新聞，今天倒是第一次來逛。」暖暖說。
『都是些什麼樣的新聞？』我問。
「大概都是關於百年老店的介紹，偶爾會有拆除改建的消息。」
『真會拆嗎？』
「應該會改建。但改建後京味兒還在不在，就不得而知。」暖暖說，
「這年頭，純粹的東西總是死得太快。」

暖暖看了看夕陽，過一會又說：

「夕陽下女孩在大柵欄裡喝酸奶的背影，興許以後再也見不著了。」

『但妳的精神卻永遠長存。』我說。

「說啥呀。」暖暖笑出聲。

時間差不多了，大夥慢慢往東邊前門大街口聚集。

我看見對面「全聚德」的招牌，興奮地對暖暖說：『是全聚德耶！』

「想吃烤鴨嗎？」暖暖說。

『嗯。』我點點頭，『今天好像有免費招待。』

「是嗎？」她嚇了一跳，「咋可能呢？」

『我剛看到店門口擺了些板凳，應該是免費招待看人吃烤鴨。』

「你……」暖暖接不下話，索性轉過身不理我。

我雙眼還是緊盯著對面的全聚德烤鴨店。

「涼涼。」暖暖說，「想吃的話，下次你來北京我請你吃。」

『這是風中的承諾嗎？』

「嗯？」

『風起時不能下承諾，這樣承諾會隨風而逝的。』

「我才不像你呢。」她說，「我說要去暖暖，你連承諾也沒。」

『車來了。』我說。

「又耍賴。」暖暖輕輕哼了一聲。

回到學校吃完飯，大夥又聚在教室裡展示今天的戰利品。

今天的戰利品特別豐富，看來很多同學的荷包都在大柵欄裡大失血。

徐馳讓我看他拍的照片，有一張是我和暖暖並肩喝酸奶的背影。

想起暖暖那時說的話：「這年頭，純粹的東西總是死得太快。」

不知道下次來北京時（如果還有下次的話），哪些純粹會先死去？

又有哪些純粹依然很純粹呢？

躺在床上閉上眼睛，隱約聽到一些聲音。

大概是受天壇回音壁的影響，暖暖的笑聲一直在心裡反射。

6.

學弟，我大你兩歲。

在我們這個年紀，每多一歲，純真便死去一些。

我曾經也嚮往採菊東籬下，悠然見南山的陶淵明式愛情；

但菊花已在現實生活中枯萎，而我也不再悠然。

這並不是我喜歡你、你喜歡我便可以在一起的世界。

這世界有山、有海，也有牆，並不如我們想像的那樣平坦。

我不會告訴暖暖我喜歡她，或許就像蘇州街算字的老先生所說，

這是我內在的束縛，自己在心中畫出的方格。

我不會越過這方格，如果因為這樣便得在公園牽著老狗散步，

我也認了。

「今天換換口味,咱們到北京大學上課。」李老師說。

北京學生都不是北大的,去北大上課對他們而言是新鮮的;

而對台灣學生來說,多少帶點朝聖的意味前去。

我們從西門進入北大。

沒想到這個校門竟是古典的宮門建築,三個朱紅色的大門非常搶眼。

若不是中間懸掛著「北京大學」的匾額,我還以為是王府或是宮殿。

兩尊雕刻精細的石獅蹲坐在校門左右,目光炯炯有神,不怒自威。

「這是圓明園的石獅。」李老師說。

校門口人潮川流不息,卻沒人留意這兩尊歷經百年滄桑的石獅子。

從西門走進北大,最先映入眼簾的,是兩座聳立在草地上的華表。

在翠綠草地的烘托下,頂著陽光的華表顯得格外潔白莊嚴。

我想起在紫禁城看到的華表,心裡起了疑問:校園中怎會安置華表?

「這對華表也是來自圓明園。」李老師說。

又是圓明園?

一路往東走,見到許多明清建築風格的典雅樓房,周圍都是綠化帶。

暖暖告訴我,李老師是北大畢業生,而圓明園遺址就在北大隔壁。

李老師說北大最有名的就是「一塔湖圖」,像一塌糊塗的諧音。

所謂一塔湖圖,指的就是博雅塔、未名湖、北大圖書館。

穿過樹木茂密的丘陵,便看到未名湖,博雅塔則矗立在東南湖畔。

我們沿未名湖畔走著，博雅塔的倒影在湖中隱隱浮現，湖景極美。
湖水柔波蕩漾，湖畔低垂楊柳婀娜多姿，湖中有小島點綴湖光塔影。
「當初為未名湖取名時，提出很多名稱都不令人滿意。」李老師說，
「最後國學大師錢穆便直接以『未名』稱之，從此未名湖便傳開。」
『我以後也要當國學大師。』我說。
「唷，想奮發向上了？」暖暖笑得有些俏皮。
『嗯。』我點點頭，『我特別不會取名，但當了國學大師後就不會有
　這種困擾了。』
暖暖不理我，逕自走開。

不過萬一國學大師太多，恐怕也會有困擾。
比方說兩個陌生的中國人在美國相遇，談起過去種種，把酒言歡。
第一個說他住未名路上的未名樓，第二個興奮地說：真巧，我也是。
第二個說他是未名中學畢業的，學校旁邊的未名河是他初戀的地方。
我也是耶！第一個非常激動。
兩人虎目含淚數秒後緊緊擁抱，兩個炎黃子孫在夷狄之邦異地相逢，
真是他鄉遇故知啊！兩人都嚷著今天一定要讓我請客。
可是繼續談下去才發覺一個住北京，另一個住上海。
最後在北京人說上海人特現實；上海人說北京人最頑固的聲音中，
夕陽緩緩西沉了，而且兩人都沒付酒錢。

「還沒說完呀。」暖暖停下腳步，回頭瞪我一眼。
『剩一點點，再忍耐一下。』我說。

「快說。」

『既然無名，也就無爭。』我說，『未名二字似乎提醒所有北大學生
　要淡泊名利、寬厚無爭。我想這才是錢穆先生的本意吧。』

「這才像句人話。」暖暖笑了。

『如果在這裡念書，應該很容易交到女朋友。』我說。

「嗯？」

『我母校也有座湖，不到十分鐘便可走一圈。但跟女孩子散步十分鐘
　哪夠？只好繼續繞第二圈、第三圈、第四圈……』我嘆口氣，

『最後女孩終於受不了，說：別再帶著我繞圈圈了！分手吧！別來找
　我了！三個驚嘆號便結束一段戀情。』

「那為何未名湖會讓人交到女朋友？」暖暖問。

『未名湖又大又美，青年男女在這散步得走上半天。走著走著，男的
　便說：我願化成雄壯挺拔的博雅塔，而妳就像溫柔多情的未名湖，
　我寸步不移，只想將我的身影永遠映在妳心海。湖還沒走上一半，
　一對戀人就產生了。』

「哪會這麼簡單。」暖暖的語氣顯得不以為然。

『如果男的說：我們要永遠在一起，不離不棄；不管風、不管雨、也
　不管打雷閃電。英法聯軍燒得掉圓明園，卻毀不了我心中的石頭，
　因為那塊堅貞的石頭上刻了妳的名字。』我問，「這樣如何？」

「太煽情了。」暖暖說，「你再試試。」

我歪著頭想了半天，擠不出半句話。

「想不出來了吧。」暖暖笑了笑，「我可以耳根清淨了。」

『反正湖夠大，得走很久。在如詩般的美景走久了，泥人也會沾上
　三分詩意。』

「是你就不會，你只會更瞎說。」暖暖說。

約莫再走十五分鐘，博雅塔已近在眼前。

博雅塔是仿通州燃燈古塔的樣子而建造的，塔級十三，高37公尺。

「同學們猜猜看，這塔是幹啥用的？」李老師指著塔問。

大夥開始議論紛紛，有人說塔通常建於佛寺內，建在校園內很怪；

也有人說該不會像雷峰塔鎮壓著白娘子一樣，這裡也壓著某種妖怪？

最後李老師公佈答案：它是水塔，一座以寶塔外型偽裝的自來水塔。

博雅塔建於20年代，此後默默在湖畔，供應北大師生的生活用水。

抬頭仰望高聳入雲霄的博雅塔，似乎飽經風霜，周圍只有松柏相伴。

「一座充滿藝術文化之美的建築，可以只扮演簡單的角色；換言之，
　一個看似卑微的供水工作者，內心也可以充滿藝術文化氣息。」

李老師說，「以前在北大念書時，常來這裡沉思，每次都有所得。」

離開博雅塔，我們轉向南，暫別未名湖，準備前往上課的地方。

『未名湖真美。』我回頭再看了一眼，說：『但跟妳走在一起時，
　卻覺得未名湖也只是一般。』

暖暖突然停下腳步。

而我話一出口便覺異樣，也停下腳步。

同學們漸漸走遠，我和暖暖還待在原地。

「學長！」學弟轉頭朝我大喊：「別想溜啊！」

我不知道怎麼會脫口說出這些話？

是因為腦海裡幻想著青年男女在未名湖應有的對話？

或是我心裡一直覺得暖暖很美於是不自覺跟未名湖的美景相比？

還是兩者都是，只因我把青年男女想像成我和暖暖？

「這是我剛剛叫你試試的問題的答案？」暖暖終於開口。

『算是吧。不過⋯⋯嗯⋯⋯』我回答，『我也不確定。』

氣氛並沒有因為我和暖暖都已開口而改變。

「學長。」學弟跑過來，說：「我們來玩海帶拳。」

『幹嘛？』我說。

「海帶呀海帶⋯⋯」他雙手大開，像大鵬展翅，手臂模擬海帶飄動。

『你少無聊。』我說。

「海帶呀海帶⋯⋯」

他高舉雙手，手臂正想向上飄動時，我敲了他頭，說：『你還來！』

學弟邊狂笑邊跑走，暖暖也笑出聲。

「咱們跟上唄。」她說完後便往前小跑步。

我也小跑步，跟上了暖暖，然後跟上了隊伍。

穿過五四大道，看到一座建於晚清時的四合院，門上寫：治貝子園。

門口還有尊老子石雕立像，高約兩公尺。

內院是古色古香的小庭院，處處顯得古樸而典雅。

『今天在這上課？』我問暖暖。

「聽說是。」暖暖說。

『嗯。』我點點頭，『這裡跟我的風格很搭。』

暖暖笑彎了腰，好像剛聽到一個五星級的笑話。

今天上課的老師一頭白髮，但臉上沒半點鬍渣，講的是老莊思想。

從《道德經》第一章「道可道，非常道；名可名，非常名」講起。

「道」是可以說的，但可以用言語表述的道，就不是永恆不變的道；

萬事萬物面目之描述——「名」，也是可以被定義的，

然而一旦被清楚定義，則萬事萬物的本來面目便不可能被真實描述。

嗯，好深奧。

通常如果聽到這種深奧的課，我都會利用這段時間養精蓄銳。

但在這樣的地方上課是畢生難得的經驗，我的好奇心輕易擊潰睡意。

偷偷打量教室四周，屋上的樑、地下的磚都泛著歷史的痕跡。

空氣的味道也不一樣，有一種淡淡的香味，說不上來。

我在暖暖面前的紙上寫著：有沒有聞到一股特殊的香味？

暖暖聞了聞後，也在我面前的紙上寫著：沒。是啥味？

我又寫：這種味道跟我身上很像。

暖暖寫：？

我寫：那叫書香。

暖暖寫：閉嘴！

我寫：但我是用手寫的。

暖暖寫：那就住手！

快下課前，老師說人的本性就像埋在心底深處的玉，只露出一小點。每個人必須一點一滴去挖掘埋藏在心中的玉石，挖出它、琢磨它。這便是尋求自我發揮本性的過程。

「要努力挖掘自我。」老師以這句當作課堂結尾。

「你挖到自己了嗎？」離開治貝子園後，暖暖問。

『挖可挖，非常挖。不如不挖也。』我說，『這是道家。』

「還有別的嗎？」暖暖說。

『挖即是空，空即是挖。這是佛家。』我說。

「再來呢？」

『志士仁人，無硬挖以害仁，有不挖以成仁。這是儒家。』

暖暖嘆口氣，說：「瞎說好像就是你的本質。」

『妳現在才發現嗎？』

我們走到三角地吃午飯。吃完飯，我買了北大的信封和信紙。

「有特別的意義嗎？」暖暖問。

『用這些信封和信紙寫履歷找工作。』我說，『收到信的主管會以為我是北大畢業生，好奇之下便細看。這樣履歷才不會石沉大海。』

「你想太多了。」

『還是想多一點好。現在台灣工作不好找。』

大夥以散步方式往北走，快到未名湖時，便看到北大圖書館。

這是圖書館新館，正門朝東，剛好跟東校門連成一線。

設計風格結合傳統與現代，屋頂像紫禁城的宮殿，透著古典與大方。

整體建築物為灰白色，更顯得氣勢磅礡、端莊穩重。

新館兩翼與舊館巧妙結合在一起，形成亞洲規模最大的大學圖書館。

李老師說曾有北大生寫過描述館內氣氛的詩句：靜，轟轟烈烈的靜。

大夥便起鬨要進去圖書館內感受一下氣氛。

用證件換了張臨時閱覽證後，放輕腳步壓低音量，魚貫走進圖書館。

令我印象最深刻的是學生看書的眼神，像是緊盯獵物的猛虎。

如果學生的世界也有理想國度，這應該就是世界大同的樣子。

可惜我已經畢業了，如果還沒畢業，回台灣後我一定會更用功念書。

不過換個角度想，幸好我已經畢業了，不然壓力太大了。

讀可讀，非常讀。嗯，輕鬆讀就好。

我們再往北走到未名湖畔，繼續欣賞上午未逛完的湖岸風景。

湖中有一露出水面張口朝天的翻尾石魚，也是圓明園遺物。

「石魚在未名湖裡，有畫龍點睛之妙。」暖暖說。

『它的親人朋友們都被焚毀了，它孤伶伶在這點睛一定很寂寞。』

「唷！」暖暖笑了，「看不出來，你還有顆感性的心。」

『妳身上有沒有帶鎖？』

「帶鎖作啥？」

『我要將心鎖上，不讓妳看見。』

「我有帶槍，要不，乾脆斃了它。」暖暖說。

離開北大，上車後屁股沒坐熱便到了圓明園，距離不到一公里。

這裡沒剩什麼了，1860 年英法聯軍放的那場三天三夜的大火之後，

除了水域和部分破碎不全的石刻文物外，都被燒光了。

但湖中荷葉翠綠、荷花藕紅，樹木從瓦隙中成長，廢墟隱沒草叢中，

整體自然景色還是有一種美，和一種旺盛的生命力。

「除了文字、圖片、影像可記錄歷史外，斷垣殘壁也可見證歷史。」

李老師說，「圓明園遺址的存在意義，在提醒中國人別忘了歷史。」

愛新覺羅的子孫啊，想你先祖以十三副甲冑起家，書七大恨告天，

發兵攻明，所向披靡，是何等豪氣。

如今人家搶光燒光了你家的花園，你卻只能低頭認錯、割地賠款，

死後又有何面目見你先祖？

『妳說的對。』我告訴暖暖，『難怪咸豐不敢住進天壇的皇穹宇。』

「我是瞎說的。」暖暖說。

『不，妳不會瞎說，只會明說。妳是獨具慧眼、高瞻遠矚。』我說，

『如果咸豐遇見的女孩不是慈禧而是暖暖，那結果肯定不一樣。』

「哪兒不一樣？」

『咸豐牌位的木頭特別硬，牌位上的字寫得特別大，上的香特別長，
　上香時大家哭得特別大聲。』
「說夠了沒？」
『夠了。』我笑了笑。

我們並未在圓明園多作停留，又上車前往頤和園。
頤和園在圓明園西邊，還是一樣屁股沒坐熱就到了。
正因為近，頤和園的前身——清漪園，也同樣毀於英法聯軍。
後來慈禧挪用海軍經費三千萬兩白銀歷時十年重建，並改稱頤和園。
頤和園是清末皇室的避暑勝地，也是慈禧的行宮。

由東宮門進入，六扇朱紅色大門嵌著黃色門釘，門前有一對大銅獅。
先參觀慈禧處理政事的仁壽殿、聽戲的德和園、光緒的寢室玉瀾堂；
然後我們在昆明湖畔走走，欣賞湖光山色。
昆明湖碧波蕩漾，萬壽山與西山群峰交相輝映，山水一色。
廣闊的湖面上，點綴三個小島，湖四周有各式各樣典雅的亭台樓閣。
頤和園既有皇家的金碧輝煌，又有江南園林的靈氣秀雅。

『昆明湖真美。但……』
「喂。」暖暖緊張地打斷我，「奇怪的話，一天說一次就夠了。」
『我今天說過什麼奇怪的話？』
「就是在未名湖那兒，你說啥未名湖真美的……」
『未名湖真美。但跟妳走在一起時，卻覺得未名湖也只是一般。』

我問：『妳是指這段話嗎？』
我話講太快了，根本來不及思索該不該說，便一口氣說完。
暖暖聽完後似乎臉紅了，我也覺得耳根發燙。

『暖暖。』
「嗯？」
『我們用第三者的客觀立場來檢視那段對話，先別涉及私人恩怨。』
「好。」暖暖點點頭，然後笑了。

『青年男女在未名湖畔散步時……』我頓了頓，接著說：
『如果男的說出那些奇怪的話，女的會作何反應？』
「可能覺得甜，也可能覺得膩。興許還會有人覺得噁心。」暖暖說。
『假設，只是假設喔，妳是在未名湖畔散步的青年男女的那個女生，
　當妳聽到那些奇怪的話時，心裡有何感想？』
「那得看是誰說的。」
『假設，假設喔，那個男的是我。』

「嗯……」暖暖沉吟一會，「我耳根軟，應該會聽進去。」
『真的？』
「畢竟你這人狗嘴吐不出象牙，難得說好話，當然要聽。」
『那就好。』
「我是說，假設我是那個女孩。」
『但妳同時也假設我是那個男孩。』

「我……」暖暖似乎結巴了。

『暖暖。』我說,『我們換個話題吧。』

「好呀。」暖暖的表情似乎是鬆了一口氣。

『慈禧真是用心良苦。』我說。

「嗯?」

『要不是慈禧挪用海軍經費,怎麼會有這麼漂亮的頤和園呢?』

「說啥呀。」暖暖說,『難道你不知道這導致甲午戰爭的敗仗?』

『如果慈禧不挪用海軍經費,甚至還贊助私人珠寶,比方鑲夜明珠的內衣和鑲了鑽石的內褲。』我說,『難道甲午戰爭就會打贏?』

「這……」

『那些錢與其讓日本人打掉,不如用來建設頤和園。慈禧知道中國人在勤奮工作之餘,需要一些名勝來調劑身心,因此寧受世人唾罵,也要為後代子孫留下頤和園。所以說,慈禧真是用心良苦。』

「瞎說。」暖暖瞪我一眼。

『那再換個話題好了。』我說。

「好。但不准說香蕉跌倒後變茄子、綠豆摔下樓變紅豆之類的話。」

『嗯。』我點點頭,『對了,我剛剛說錯,慈禧是穿肚兜,因此她捐的是用各色寶石鑲成"身材最好的中國女人"這九個字的肚兜。』

「換話題!」

『慈禧真是用心良苦。』我說。

「喂。」

『慈禧臨死前還不忘送毒藥給光緒吃，讓他先死。』

「這算哪門子用心良苦？」

「慈禧知道光緒孝順，如果自己先死，光緒一定哀痛欲絕。於是寧可
　忍受白髮人送黑髮人的痛苦，也不願光緒承受失去母親的哀傷。」

「光緒又不是慈禧親生的，光緒的母親是慈禧的妹妹。」

『但名義上是母子，而且也有血緣關係。』我說，『總之，慈禧送出
　毒藥的手，是顫抖的。所以說，慈禧真是用心良苦。』

「照這麼說，八國聯軍兵臨北京城下時，慈禧在逃跑前還讓人把珍妃
　推進井裡，這也是用心良苦？」暖暖說。

『珍妃長期在冷宮，身子一定凍壞了。慈禧得由北京逃到西安，那是
　很遙遠的旅途，珍妃受得了嗎？為了不讓珍妃忍受長途跋涉之苦，
　慈禧只好叫太監把她推入井裡。慈禧下令時，聲音是哽咽的。』

「再換話題。」暖暖說，「而且不能跟慈禧有關。」

『那就沒話題了。』我說，『不過我最初的話題沒說完。』

「最初的話題？」暖暖有些疑惑，「我一時忘了，那是啥？」

『昆明湖真美。但跟妳走在一起時，卻覺得昆明湖與妳在伯仲之間，
　而且暖暖是伯、昆明湖是仲。』一口氣說完後，我趕緊再補上：
『如果有冒犯，請妳原諒。妳就當我瞎說。』

「好，我破例。」暖暖笑說：「一天聽進兩段奇怪的話。」

來到水木自親碼頭，慈禧從京城走水路到頤和園時，御舟便泊在這。
往北走，就是慈禧居住的樂壽堂，慈禧晚年大部分時間都在此度過。
樂壽堂裡還有張慈禧扮觀音的照片，看起來的感覺一整個就是怪。
你能把狼狗和美女想像在一起嗎？

『慈禧真是用心良苦。』我說。
「你又來了。」暖暖說。
『慈禧扮觀音的目的，就是要提醒人們，世間有很多披著羊皮的狼，
　千萬不要被人的外表矇蔽了。所以說，慈禧真是用心良苦。』
「慈禧到底要用心良苦到啥時候？」
『就到這。』我說。

從樂壽堂往西穿過邀月門，就是舉世聞名的頤和園長廊。
長廊是典型中國式建築，作為連接房屋間的有頂無牆走廊，
因此漫步於長廊內既可欣賞美景，也可避免日曬雨淋。
頤和園長廊南面昆明湖，北靠萬壽山，東起邀月門，西至石丈亭；
全長728公尺，每四根柱子隔為一間，總共273間。
每間的柱子上半部安裝橫木，下半部則設置木製坐凳欄杆。

長廊樑枋上，畫滿色彩鮮明的彩繪，共一萬四千多幅，無一雷同。
這些是蘇式彩繪，大體可分為人物、山水、花鳥、建築風景四大類。
而長廊也以建築獨特、繪畫豐富，被譽為世界上最長的畫廊。
在長廊中漫步，彷彿走進一座別緻典雅的彩繪畫廊；

每個人也似乎化身成一條魚，在畫境之中優游。

長廊內彩繪與長廊外山水花木、亭台樓閣相映成趣，令人目不暇給。

如果走累了，隨時在兩旁木凳坐下。坐著欣賞彩繪，也是一派悠閒。

「學長。」學弟跑過來，「你邊走邊抬頭看彩繪，每幅都要仔細看，
　看你能走幾步不頭暈。」

『都幾歲的人了，還玩這些小孩子遊戲。』我的語氣帶著不屑。

「試試看嘛。」暖暖說。

『嗯。』我立刻改口，『童心未泯是好事。』

我微仰起頭，以緩慢的速度步行，仔細看著樑、枋上的彩繪。

彩繪色彩鮮豔、造型豐富，我漸漸感到眼花撩亂，便停下腳步。

「學長你才29步。」學弟說，「我是37步，王克有48步喔。」

『那又如何？』我說。

「這表示你的智商比我和王克低。」

『胡說！』

「學長惱羞成怒了。」學弟轉頭跟王克說，「我們快閃。」

學弟和王克的背影走遠後，我說：『暖暖，妳也試試。』

「甭試了。」暖暖說，「我智商肯定比你高。」

『那可未必。』

「要不，來打個賭。如果我智商比你高，你就帶我去暖暖。」

『妳說的對。』我點點頭，『妳的智商肯定比我高。』

到了排雲門，剛好遊完長廊的東半部。我們轉向北，朝萬壽山前進。
排雲門沿萬壽山而上，依序排列二宮門、排雲殿、德輝殿和佛香閣。
這些建築由南而北、自低而高，依山勢層層上升，氣勢雄偉。
排雲殿角層層相疊，琉璃七彩繽紛，是慈禧生日時接受朝拜的地方。
裡面展示王公大臣祝賀慈禧七十歲生日的壽禮，還有幅慈禧的油畫。
由排雲殿過德輝殿，再登上114級階梯，便可到達佛香閣。

那114級階梯約20公尺高，足足有六層樓高，把佛香閣高高舉起。
由下仰視佛香閣，感覺佛香閣建在山脊上，高聳入天。
「我不爬了，我恐高。」王克的腳有些發軟。
「來。」學弟蹲下身，背對著王克，「我背妳。」
『謝謝。』我趴上學弟的背，『辛苦你了，你真細心。』
「都幾歲的人了，還玩。」學弟猛不防彈起身。
我跌了個狗吃屎，暖暖和王克則笑了。

『暖暖。』我問，『妳恐高嗎？』
「不。」暖暖回答，「我樂高。」
『那是積木吧？』
「是呀。」暖暖笑了。

同學們走遠了，我們因為王克的懼高症而杵在這。暖暖提個建議：

學弟走在前拉著王克的手，我和暖暖在後負責擋住王克的視線。
我們便這麼做，學弟右手拉著王克，我和暖暖一左一右在後壓陣，
王克則低著頭，視線不朝上也不朝下，緩緩拾級而上。
爬著爬著，暖暖突然說：「慈禧真是用心良苦。」
王克似乎有些驚訝，轉頭往後只瞥一眼，又迅速轉回。

「階梯這麼陡，慈禧不可能自己爬上來，肯定讓人抬上來。慈禧知道
　中國積弱原因是體魄不強健，便蓋了特陡的階梯，讓抬她的人鍛鍊
　身體。當慈禧在轎中望著抬轎的人時，眼睛是濕潤的。」暖暖說：
「所以說，慈禧真是用心良苦。」
「暖暖。」王克突然笑出聲，「妳咋這樣說話？」
暖暖得意地笑著，笑聲剛停歇，我們便到了佛香閣。

佛香閣依山而建，高41米，有八面、三樓、四重屋簷，氣勢磅礡。
閣內供奉一尊泥塑千手觀音像，高約三公尺。
每逢初一和十五，慈禧在此燒香禮佛，其他時間大概就隨便殺人。
佛香閣是頤和園中心，在此居高臨下，頤和園美景盡收眼底。
俯瞰昆明湖的仙島、長堤、石橋，西邊有玉泉山和西山群峰的陪襯，
水光澄碧、山色青蔥、樓閣秀雅，令人心曠神怡。

順原路下山，原本擔心王克該怎麼下山，但20多個同學圍成三圈，
把王克圍成圓心，一團人緩緩滑步下山。
王克先是覺得不好意思，後來便覺得好笑，我們一路說說笑笑下山。

回到排雲門，再沿長廊西半部行走，走完長廊便可看見石舫。

石舫名為清晏舫，取河清海晏之義，全長36公尺，泊在昆明湖畔。
由白色大理石雕刻堆砌而成，上有兩層西式樓房，頂部是中式屋簷。
船內花磚鋪地，窗嵌彩色玻璃，在白色大理石襯托下更顯精巧華麗。
彩色玻璃讓人聯想到教堂的裝飾，而兩側的機輪也模仿西方輪船，
因此石舫可說是中西合璧的產物，成為頤和園的重要標誌。
清宴舫是慈禧賞湖和飲宴的地方，有時還會叫宮女太監打扮成漁人。
可惜這石舫既不能航行，也承載不了晚清的江山。

我們在清晏舫謀殺了很多相機的底片後，便到萬壽山後山的蘇州街。
蘇州街位於後山蘇州河兩岸，模仿江南水鄉臨河街市的樣貌而建造。
全長約300公尺，由蘇州河隔成兩街，以木橋或石拱橋連接兩岸。
蘇州河曲折蜿蜒忽寬忽窄，沿岸建築形式多樣，但風格都樸素秀雅。
建築是木結構搭配青瓦灰磚，岸邊則是石頭護岸。
這讓我想起元曲〈天淨沙・秋思〉描述的：小橋、流水、人家。

走在蘇州街上，兩岸店家的招牌均為古式模樣的布幔、幌、旗等。
清朝帝后喜歡在這裡乘舟遊街，店裡掌櫃和夥計便由太監宮女裝扮。
百年前這裡是全世界服務最好的商家，因為顧客上門都是跪著迎接。
我和暖暖沿街漫步，遠處綠樹成林，河畔楊柳低垂，小船河中划行；
若不是偶見的告示牌提醒遊人小心腳下別跌入河中，
一切都讓人彷彿置身於十八世紀的世外桃源。

見到白底鑲紅邊的旗子上寫著「錢莊」二字，好奇便走進。
原來蘇州街以銅錢和元寶交易，錢莊是人民幣與銅錢的兌換場所，
一塊人民幣換銅錢一枚。
我和暖暖換了些銅錢和元寶，然後走到附近的茶館喝茶聊天。
坐在茶館二樓俯視小橋曲水，幻想古時江南水鄉是否真是眼前景象。
而時間像蘇州河水的流動一樣，緩慢而寂靜。

『這裡的東西一定賣得很便宜。』我說。
「何以見得？」暖暖說。
『咦？』我說，『妳講話的口吻變了。』
「環境使然。」暖暖說。
『請爾重返21世紀，可乎？』
「好呀。」暖暖笑了，「你說唄。」
『逛街時慈禧問：這東西多少錢？宮女回答：十兩白銀。慈禧說：
　太貴了。宮女馬上跪下磕頭哭喊：奴才該死！』我說，
『賣得貴的人都被殺光，自然會有東西得便宜賣的傳統。』
「目盲之言也。」
『嗯？』
「瞎說。」暖暖又笑了。

離開茶館，我們走過一座石拱橋到對街，看見白旗上的黑字：算字。
『我只聽過算命和測字，算字是什麼？』我問暖暖。

暖暖搖搖頭，說：「去瞧瞧。」

一位下巴鬍鬚垂到胸口的老者端坐亭內，旁邊有行小字：銅錢五枚。

我和暖暖對看了一眼，互相點點頭，便坐了下來。

「在紙上橫排跟豎排各寫十個字左右。」老者給我們兩張紙，說：

「多寫幾個字無妨，橫豎字數不同也無妨。」

我想了一下，先寫豎排：作事奸邪盡汝燒香無益。

再寫橫排：居心正直見我不拜何妨。

「這是啥？」暖暖問。

『台南城隍廟的對聯。』我說。

「耍酷是吧？」暖暖笑得很開心。

『這是飽讀詩書的壞習慣，讓妳見笑了。』我說。

暖暖也想了一下，先寫橫排：能攻心則反側自消，從古知兵非好戰。

再寫豎排：不審勢即寬嚴皆誤，後來治蜀要深思。

「這是成都武侯祠的對聯。」暖暖說。

『妳也有飽讀詩書的壞習慣？』

「是呀。」暖暖笑說：「但我吃得更飽，因為字比你多。」

我們將這兩張紙遞給老者，他只看一眼便問我：「先生寫繁體字？」

『是啊。』我說，『我從台灣來的。』

「難怪。」老者微微點頭。

『是不是寫繁體字的人，命會比較好？』我問。

「我看的是性格，不是命。」老者說。

這老者好酷，講話都不笑的。

「因橫豎排列不同，基本上有├、┤、十、┬、⊥、┌、┐、└、┘
　這九種，代表每個人的基本思考。」老者在紙上邊寫邊說，
「先生是十，是唯一橫排穿過豎排的寫法，思考獨特，與別人不同。
　姑娘是⊥，思考細密謹慎，不容易出錯。」
『那其他的呢？』我問。
「只要發問，須加銅錢一枚。」老者說，「這題不收錢，下不為例。
　簡單而言，一般人最常見的寫法是├與┤，思考容易偏向某一邊，
　不懂從另一角度思考的道理。」

我和暖暖都沒開口，怕一開口便要多給一枚銅錢。老者喝口茶，說：
「先寫橫排或是豎排表示做事風格。先生先寫豎排，埋頭向前，行動
　積極；又剛好搭配十之排列，獨特的思考會更明顯，也會更不在乎
　別人想法。姑娘先寫橫排，凡事權衡左右以安定為先；加上搭配⊥
　之排列，思考會更沉穩，思考的時間和次數會更多。」
『哪種比較好？』我一說完便摀住嘴。

老者沒回話，端起碗喝茶。我拿出一枚銅錢放桌上，老者才接著說：
「中國人講中庸之道，萬事無絕對好壞。做事太積極容易魯莽；思慮
　太多容易停滯不前。兩位各有缺憾，先生的缺憾會在於不顧左右、
　一意孤行；姑娘的缺憾會在於猶豫不決、無法行動。」

「兩位請看。」老者雙手分別拿著我和暖暖寫了字的紙，說：

「兩位無論橫或豎，字的排列都非常直。橫排表空間，豎排表時間。
　豎排直表示兩位會隨時修正自己，具反省能力；橫排直表示兩位會
　想改善環境也會導正旁人。這正好可以稍微彌補兩位的缺憾。」

老者說完後，將紙收回面前，攤平在桌上，接著說：

「從字跡筆劃來看，先生寫字力道大，做事有魄力；字的筆劃太直，
　做事一板一眼，不知變通。就以先生寫的『我』來說……」

老者用筆將我剛剛寫的「我」字圈起，說：

「左下角的鉤太尖銳，右上角收筆那一『點』太大，力道又是整個字
　最強的，顯示先生個性的稜角尖銳，容易得罪人。最重要的，先生
　的字太『方』，彷彿寫每個字時，周圍有個方格圍住，但白紙上並
　無方格，方格是先生自己在心中畫出的，這是先生內在的束縛。」

「姑娘就沒這問題了。」老者視線轉向暖暖寫的那張紙，然後說：

「字的力道適中，整個字一氣呵成不停頓，筆劃之間非常和諧，顯示
　姑娘個性隨和、人緣極好。可惜收尾的筆劃既弱又不明顯，字與字
　的間距有越來越小的現象，因此姑娘缺乏的是勇氣與執行力。」

『那她應該如何？』我又拿出一枚銅錢放在他面前。

「做事別想太多、對人不用太好。」老者說。

『那我呢？』我準備掏出銅錢時，老者朝我搖搖手。

「你的問題請恕老朽無解，先生內在的束縛只能靠自己突破。」

老者說完後，比了個「請」的手勢，我和暖暖便站起身離開。

「請等等。」老者叫住我們，「字是會變的，幾年後或許就不同了。

　你們日後可以跟紙上的字比對。」

老者將那兩張紙遞給我們，暖暖伸手接過。

我只走了兩步，又回頭再將一枚銅錢放在老者面前，問：

『請問我和她適合嗎？』

「你們是兩個人，所以算兩個問題。」老者說。

我只好又掏出一枚銅錢放桌上。

「你問的是性格嗎？」老者說。

『對。』我說完後，右手抓起桌上一枚銅錢。

老者略顯驚訝，我說：『因為你也問了一個問題。』

老者首次露出微笑，說：「如魚得水，意氣相投。」

我右手握住銅錢，化拳為掌拍了桌面，銅錢碰撞木桌時發出清脆聲。

『還有……』暖暖在身旁，我不敢直接問，但還是鼓起勇氣，說：

『比方說，一男一女，意氣相投外，還有別的，也相投嗎？』

老者抓起這枚銅錢，右手順勢斜拋上空，銅錢在空中畫了一道弧線，

噗通一聲掉進蘇州河裡。

「這個問題要問老天。」老者說。

離開那座亭子，我和暖暖若有所思，都不說話。

『妳覺得剛剛那位老先生如何？』

我說完後，遞了枚銅錢給暖暖，她伸手接過。

「挺怪的。」暖暖又將那枚銅錢遞給我，問：「你覺得呢？」

『不是挺怪。』我說，『是非常怪。』

然後我們很有默契地相視而笑。

大夥在一座兩層樓高的石孔橋上集合，我們便從北宮門離開頤和園。

無論在車上、食堂裡吃飯、洗澡，我腦海裡都不斷浮現老者的鬍鬚。

洗完澡到教室聊天，問了很多同學是否也讓那位老者算字？

結果大家都是經過而已，並未坐下來算字；只有學弟坐下來。

「我以為是問姻緣的，便讓他算字。」學弟說。

學弟說老者尚未開口，他便說出生辰八字，

還問自己的姻緣是否在北方？

『你的姻緣在嵩山，對台灣來說是北方沒錯。』我插嘴說。

「為什麼在嵩山？」學弟很好奇。

『嵩山少林寺。』我說，『你是出家的命。』

「學長。」學弟苦著臉，「別開這玩笑。」

『好。』我笑了笑，『老先生怎麼說？』

「那老先生說：不問姻緣，只問性格。我只好乖乖寫字。」

學弟把他寫字的紙拿給我，豎排寫的是：我肚子好餓想回家吃飯。

橫排寫的是：你不問姻緣坐在這幹嘛。
橫豎的排列是丅，橫排和豎排不直也不歪，像S型弧線。
字體既歪又斜，字的大小也不一。
老者說學弟的思考無定理、沒規範，容易恣意妄為；
但因個性好，所以字跡隨性反而是一種福報。

『對了。』我說，『你為什麼想問姻緣？』
學弟示意我放低音量，然後輕聲說：「借一步說話。」
學弟往教室外走去，我站起身走了一步便停。
「學長。」學弟說，「怎麼了？」
『我已經借你一步了。』我說。
學弟跑過來，氣急敗壞地推著我一道離開教室。

遠遠離開教室，學弟找了個安靜無人的地方，我們席地而坐。
「學長。」學弟開口，「你知道我喜歡王克嗎？」
『看得出來。』我說。
「這麼神？」學弟很驚訝。
『白痴才看不出來。』我說，『你喜歡王克，所以呢？』
「我們後天早上就要回台灣了，我想……」學弟的神情有些扭捏。

我大夢初醒。
是啊，就快回去了，也該回去了。
來北京這些天，沒興起想家的念頭，一時忘了自己並不屬於這裡。

但不管自己是適應或喜歡這裡，終究是要回家的。

『要回台灣了，所以呢？』定了定神，我說。

「我想告訴王克，我喜歡她。」學弟說。

『那很好啊。』我說。

「可是如果她也喜歡我，該怎麼辦？」

『你喜歡她、她喜歡你，不是皆大歡喜？』

「我在台灣，王克在北京啊。」他的語氣很激動，「路途這麼遙遠，
　還隔了台灣海峽，以後怎麼走下去呢？」

『那就別告訴她，當作生命中一段美好的回憶吧。』

「我怕以後到老還是孤單一人，牽著老狗在公園散步時，低著頭告訴
　牠：我曾經在年輕時喜歡一個女孩，但我沒告訴她，這是我這輩子
　最大的遺憾。說完便掉下淚。而老狗只能汪汪兩聲，舔去我眼角的
　淚珠。然後我默默坐在公園掉了漆的長椅，看著天邊的夕陽下山。
　夜幕低垂後，一人一狗的背影漸漸消失在黑暗中。」

學弟越說越急、越急越快，一口氣說完中間沒換氣。

『你可以去寫小說了。』我說。

「我是認真的。」學弟說，「學長，你不也喜歡暖暖？」

『你看得出來？』

「我也不是白痴。」學弟說，「你會怎麼做？」

學弟，我大你兩歲。

在我們這個年紀，每多一歲，純真便死去一些。

我曾經也嚮往採菊東籬下，悠然見南山的陶淵明式愛情；

但菊花已在現實生活中枯萎，而我也不再悠然。

這並不是我喜歡你、你喜歡我便可以在一起的世界。

這世界有山、有海，也有牆，並不如我們想像的那樣平坦。

我不會告訴暖暖我喜歡她，或許就像蘇州街算字的老先生所說，

這是我內在的束縛，自己在心中畫出的方格。

我不會越過這方格，如果因為這樣便得在公園牽著老狗散步，

我也認了。

『別管我怎麼做。』我說，『你還是告訴王克吧。』

「萬一她說喜歡我呢？」學弟說。

『你自己都說"萬一"了。』

「對啊，我想太多了。」學弟恍然大悟，「我如果跟王克說喜歡她，

　她應該會說：我們還是當同胞就好，不要做愛人。」

『我想也是。』

「輕鬆多了。」學弟笑了笑，「我明天找機會告訴她，反正我說了，

　以後就不會有遺憾了。」

學弟似乎已放下心中一塊大石，開始跟我說今天發生的瑣事。

他還留了個在蘇州街兌換的元寶當作紀念。

當我起身想走回教室時，學弟突然說：

「學長，這樣會不會很悲哀？」

『嗯？』

「我因為王克會拒絕我而感到高興，這樣不是很悲哀嗎？」

學弟苦笑著。

我無法回答這個問題，又再度坐下。

一直到我和學弟走回寢室休息前，我們都沒再開口。

「好。」暖暖說,「現在沒風,你說,你要不要來北京找我?」

『沒風時我不敢下承諾。』我說。

「喂!」

『妳看,我又開了玩笑,這種氣節真是無與倫比。』

「你說不說?」

『先等等。我得陶醉在自己無與倫比的氣節中幾秒,才能說話。』

「你到底說不說?」

『風怎麼還沒來?』

「快說!」

『如果妳在北京工作,我就來北京找妳。』

「啥時來?」

『剛唱過的,大約在冬季。』

暖暖終於又笑了。

7.

「所以我説，只要會再見面，所有的離別都是暫時的。」

暖暖説完後，抬頭看了看夜空，神情自在。

我和暖暖或許會再見面，但中間的過程要花多久，我不知道；

我只知道明天一旦上車，當暖暖的身影消失在視線盡頭時，

我便會開始想念她。

而所謂的明天其實只不過是眼前的夜空由黑變白而已。

「昨晚跑哪去?」走進教室,暖暖見到我劈頭就說:「找不著你。」

『找我有事嗎?』

「沒事不能找你說說話嗎?」

『我們還是當同胞就好。』我說。

「說啥呀。」

『嗯。』我點點頭,『這個問題很深奧,我得思考思考。』

說完後我便坐下,留下一頭霧水的暖暖。

昨晚在床上翻來覆去,腦海裡盡是與學弟的對話。

隨著這些天跟暖暖的相處,彼此距離越來越近,漸漸有種錯覺:

覺得每天看到暖暖、跟暖暖說說話是理所當然的事,也是習慣;

卻忘了這是生命中偶然的交會,交會過後又要朝各自方向繼續前進。

明天這個時候,我應該是在前往機場的車上,那時我的心情會如何?

暖暖的心情又如何?

『被變種蜘蛛咬了,會變成維護正義的蜘蛛人。』我嘆口氣,說:

『但被瘋狗咬了只會得狂犬病。』

「又說啥?」暖暖問。

『這世界存在的道理,不是年輕的我所能理解。』

「你還沒睡醒?」暖暖看了我一眼。

是啊,昨晚一直沒睡好,現在開始語無倫次了。

來上課的老師也是昨天在北大治貝子園上課的老師,但今天講孔孟。

孔孟孔孟，「恐」怕會讓我想作「夢」。
雖然很想打起精神，但眼皮是生命中無法承受之輕；
一旦它想闔上，力氣再大也打不開。

這教室我已習慣，不覺陌生，有種安定感，像家一樣；
而老師的聲音則像母親溫情的呼喚：回家吧，孩子，你累了。
彷彿聽到耳畔響起：「儒家強調道德倫理，重視人的社會性；道家則
強調究竟真實，重視人的自然性……」
然後我就不省人事了。

偶然醒來，看見面前的白紙寫了好多次「北七」。
數了數，共十七次。
「你醒了？」暖暖低聲說。
『迴光反照而已。』我也低聲說。
「別睡了。」
『我也想啊。』
暖暖拿起筆，在我面前寫上：我要去暖暖。
『我醒了。』我說。

中途下課出去洗把臉，勉強趕走一點睡意。
繼續上課時，總感覺暖暖在旁窺探，我精神一緊張，便不再打瞌睡。
終於把課上完後，我鬆了一口氣。
突然想到這不僅是在北京的最後一堂課，也是學生時代最後一堂課。

沒想到最後一堂課會以打瞌睡結束，我真是晚節不保。

中午大夥驅車前往紀曉嵐的故居。

一下車便看到兩棵交纏的紫藤蘿，樹幹虯曲、枝葉茂盛、花香撲鼻。

這兩棵紫藤蘿是紀曉嵐親手種植，已兩百多歲了，依然生機盎然。

紫藤蘿原本在故居院內，但修路時拆了部分建築物，於是裸露街邊。

要不是樹下立了個石碑述說紫藤蘿的來歷，即使你從旁經過，

也未必多看一眼。

紀曉嵐故居東側有家晉陽飯莊，我們中午就在這吃飯。

晉陽飯莊雖叫「飯莊」，卻以山西麵食聞名。

李老師點了刀削麵、貓耳朵、撥魚等麵食，讓我們大快朵頤。

聽到貓耳朵時還頗納悶，原來是一片片小巧且外型像貓耳朵的麵食。

而撥魚是水煮麵，有點像麵疙瘩，但是頭尖肚圓，形狀像魚。

山西菜口味較重，也較鹹，外觀不花俏，但風味獨具。

香酥鴨和蠶繭豆腐這兩道菜更是讓所有學生嘖嘖讚嘆。

飯後我們便走進紀曉嵐故居內參觀。

這裡最初的主人不是紀曉嵐，而是雍正年間大將，岳飛後裔岳鐘琪。

後來岳鐘琪獲罪拘禁，當時紀曉嵐父親剛好到京任職，便買下此宅。

兩百多年來，此宅屢易主人、歷經滄桑，晉陽飯莊也在此營業。

2001年晉陽飯莊遷到故居東側，同時開始整修紀曉嵐故居。

隔年終於正式對外開放。

紀曉嵐故居現存只剩兩堂一院，面積不到原來的三分之一。
南邊是正廳，展出紀曉嵐生平及各種相關史料，
例如他主持編纂的《四庫全書》和晚年所作的《閱微草堂筆記》；
還有紀曉嵐生前用過的部分物品以及藏書，包括著名的煙袋鍋。

裡頭有張和人同高的紀曉嵐畫像，是個臉孔清瘦、長鬚垂胸的老者。
同學們初見畫像的反應幾乎都是驚訝，眼前這位老者相貌一般，
甚至可說醜陋；而紀曉嵐在人們心中的形象是風流倜儻、一表人才。
這樣也好，他已聰明多才、風趣幽默，如果又相貌堂堂，未免太過。
幾個男同學面露安慰的笑容，可能心想其貌不揚的人也可風流倜儻。
風流倜儻的人也許相貌一般，但不代表相貌一般的人就可風流倜儻。
劉德華長得像豬、豬長得像劉德華，這兩者意義完全不一樣啊！

「你今天咋了？」暖暖說，「嘴裡老是唸唸有詞。」
『是嗎？』我回過神。
她眼神在我臉上掃了掃後，點點頭說：「有股說不出的怪。」
『可能是昨晚沒睡好、今早睡太飽的緣故。』我笑了笑，接著說：
『妳會不會覺得紀曉嵐的畫像，很像昨天在蘇州街遇見的老先生？』
暖暖仔細打量畫像，說：「經你一說，還真的有些神似。」
『妳身上還有銅錢嗎？』我說，『給他一枚，問他在這裡快樂嗎？』
「無聊。」暖暖說。

北邊即是紀曉嵐的書齋——閱微草堂。

草堂內有幅紀曉嵐官服畫像，看起來三分氣派、七分自在。

整體看來，只是間簡單的書房，顯示紀曉嵐的淡泊與儉樸。

我們走到院子，院子很小，四周有些草地，西側有個大水缸。

一株海棠孤伶伶站在院子東北角，在簡單的院子裡特別顯眼。

正對著海棠樹則有尊婢女模樣的塑像，手裡拿了把扇子。

李老師領著大家走到海棠樹旁，開始說起這株海棠的故事。

海棠是紀曉嵐親手種植，原先有兩株，但一株在改造老房時被砍掉。

這是紀曉嵐為了懷念他的初戀情人——文鸞而種的。

紀曉嵐初識文鸞時，她才十三歲，是紀曉嵐四叔家的婢女。

文鸞性情乖巧、聰慧美麗，兩人年紀相仿，常在海棠樹下嬉戲。

隔年紀曉嵐父親要帶著他離鄉赴京任職，紀曉嵐萬分不捨，

臨行前匆匆跑去四叔家與文鸞道別，並給了她一枚扇墜作為紀念。

幾年後紀曉嵐回到老家，文鸞已亭亭玉立、標緻動人。

兩人在海棠樹下許下誓言、互訂終身，約好他取得功名後回鄉迎娶。

但他初次應試卻名落孫山，一直等到二十四歲那年才終於高中解元。

紀曉嵐並未忘記當初的誓約，立即託人到文鸞家提親。

但文鸞父親趁機獅子開口需索巨額財禮，親事因此耽擱。

文鸞並不知道父親從中作梗，以為紀曉嵐早已將誓言忘得一乾二淨。

從此憂思成疾，身子日漸消瘦，終至香消玉殞。

「紀曉嵐悲痛欲絕,便在這裡親手種下海棠。二十年後,紀曉嵐有天
　在樹下假寐時,夢見一女子翩然走來,站立不語。醒來後,知道是
　文鸞,便向人詢問文鸞葬在何處,但文鸞之墓久埋於荒榛蔓草間,
　早已不能辨識。紀曉嵐感慨萬千,寫下〈秋海棠〉一詩。這段夢境
　描述於《閱微草堂筆記》中。」李老師指著一旁的石碑,說:
「〈秋海棠〉這首詩,在這〈海棠碑記〉裡。」

大夥圍過去看碑文,碑文上說這株紀曉嵐種植的海棠已經兩百多歲,
至今仍是春來花開滿樹,秋來果實彎枝。
碑文也寫下紀曉嵐當時的心情:
「萬端慟憐中,植此海棠樹,睹物思舊人,一生相與隨。」
最後附上〈秋海棠〉的詩句:
「憔悴幽花劇可憐,斜陽院落晚秋天。
　詞人老大風情減,猶對殘紅一悵然。」

大夥不勝唏噓,這時也才明瞭那尊拿了把扇子的婢女塑像是文鸞。
李老師讓我們在海棠樹下走走,試著感受深情的紀曉嵐。
我和暖暖繞著海棠樹走了一圈,腳步很輕。
看見晉陽飯莊推出「閱微草堂名人宴」,裡面有道菜叫海棠情思。
我很懷疑知道海棠典故的人,吃得下海棠情思嗎?

『暖暖。』我說,『妳父親為人如何?』

「提我父親作啥？」暖暖問。

『只是想知道而已。』

「他這人挺好的呀。」

『那就好。』我說。

張老師要所有同學圍在海棠樹下合張影，然後離開紀曉嵐故居。

李老師買了幾袋紀曉嵐老家特產金絲小棗，每人分一些，在車上吃。

經過門前的紫藤蘿時，李老師說有幾位偉大的文人作家如老舍等，

曾在紫藤蘿棚架下，賞古藤、品佳肴。

我趕緊拿顆棗塞進嘴裡，再抬頭看看如雲的紫藤花。

「作啥？」暖暖問。

『以後人們提到曾在這賞古藤品佳肴的名人時，也要算我一個。』

暖暖沒理我，直接走上車。

在車上邊吃棗邊聽李老師講些紀曉嵐的趣事，沒多久便到了雍和宮。

雍和宮是康熙所建，賜於四子雍親王當府邸，原稱雍親王府。

雍正稱帝後改王府為行宮，便稱雍和宮；乾隆皇帝也誕生於此。

乾隆時又將雍和宮改為喇嘛廟，成為中國內地最大的藏傳佛教寺廟。

同學們各買一大把香，以便入廟隨喜參拜。

一入宮內，遠處香煙裊繞，耳畔鐘聲悠揚，給人幽靜、深遠之感。

「雍和宮是很有佛性的地方，禮佛時心裡想著你的願望，如果你夠
　虔誠，願望就容易實現。」李老師說。

如果是十年前，我的願望是金榜題名；
如果是一年前，我的願望是順利畢業；
如果是十天前，我的願望是早日找到滿意的工作。
但是現在，我的願望很簡單，那就是可以常常看到暖暖的笑臉。

於是每走進任一廟殿見到各尊大小佛像，無論泥塑、銅鑄或是木雕，
我總是拿著香低著頭想著我現在的願望。
眼角瞥見暖暖手上的香晃啊晃的，不安分地擺動著。
『香拿好。』我伸手幫她把香撥正，『會傷到人的。』
暖暖有些不好意思，吐了吐舌頭。

進了雍和宮大殿，李老師說這裡即相當於大雄寶殿。
「一般的大雄寶殿供奉橫三世佛，中間為娑婆世界釋迦牟尼佛，左為
　東方淨琉璃世界藥師佛，右為西方極樂世界阿彌陀佛。這是空間的
　三世佛，表示到處皆有佛。但這裡供奉的是豎三世佛。」他說，
「中為現在佛釋迦牟尼佛，左為過去佛燃燈佛，右為未來佛彌勒佛。
　這是時間的三世佛，表示過去、現在和未來，因此無時不有佛。」

空間也好、時間也罷，無論何時何地，我都想看到暖暖的笑臉。
剛想完第二十七遍現在的願望，突然感到一陣刺痛，急忙收手。
原來是暖暖被唐卡吸引住目光，手中的香頭刺中我左臂。
「呀？」暖暖說，「對不起。沒事吧？」
『沒事。』我說，『如果剛好刺中額頭，我就成觀音了。』

「別瞎說。」暖暖說。

雖然嘴裡說沒事，但拿香低頭時，左手臂總會傳來微微的刺痛感。

走進萬福閣，迎面就是一尊巍然矗立的巨佛──邁達拉佛。

「邁達拉是蒙古語，藏語是占巴，梵語是彌勒，漢語是當來下生。」

李老師說，「也就是豎三世佛中的未來佛。」

邁達拉巨佛由整株白檀木雕刻而成，地上十八米、地下八米，

總高二十六米，是世界最大的木雕佛。

頭戴五佛冠，身披黃緞大袍，腰繫鑲嵌珠寶的玉帶，手拿黃綢哈達；

全身貼金，身上遍是纓絡、松石、琥珀等珠寶玉石。

雙目微垂，平視前方，神情肅穆卻仍顯慈祥，令人不自覺發出讚嘆。

同學們問起為何這尊佛像要如此巨大？

「佛經上說未來世界中，彌勒佛降生人間時，人類要比現在人高大，

　那麼未來佛勢必比現在人高大，所以才雕刻如此巨大的未來佛。」

李老師回答後，頓了頓，又接著說：

「世界如此紛亂，總不免令人殷切期盼未來佛──彌勒佛能早日降生

　娑婆世界，普度眾生。這或許也是未來佛像如此巨大的原因。」

「問大家一個問題。」李老師說，「這尊佛像如何擺進萬福閣裡？」

大夥下意識轉頭看一下廟門，隨即傻眼。

佛像如此巨大，即使橫著抬進來，也根本進不到裡面。

「涼涼。」暖暖問，「佛像咋可能進得來？」

『這不是可不可能的問題。』我說,『而是需不需要的問題。』

「蔡同學。」李老師指了指我,說:「請說說你的看法。」

『一般人應該沒辦法把佛像運進來,但或許有絕頂聰明的人可以想出
　辦法。但如果真是絕頂聰明的人,怎麼可能沒想出先立佛像再建閣
　這種最簡單的方法呢?』我說。

「大家明白了嗎?」李老師笑了笑,「每個人心中都有閣在先、佛像
　在後的預設立場,即使有最聰明的辦法,其實卻是最笨的事。心中
　有了線,思考便不夠圓融周到。」

大夥恍然大悟,想起剛剛想破頭的情形,不禁啞然失笑。

「有時環境不好,你會想改善環境讓自己滿意,但結果常令人氣餒。
　你何不試試把自己當成萬福閣、把環境當成是巨佛,讓自己轉動去
　配合不動的環境呢?」李老師笑了笑,呼了一口長氣,說:

「這是在北京的最後一個行程了,我的任務也算完成。雍和宮裡還有
　很多東西可以細看,給你們一個半鐘,之後我們在宮門口集合。」

大夥各自散開,我和暖暖往回走,除主殿外也走進各配殿。

暖暖對唐卡很有興趣,一路走來,總是在唐卡前停留較久。

到了集合時間,準備要上車前,我跑去買了些藏香。

「你要禮佛嗎?」暖暖問。

『不。我要禮我。』我說,『考試前點上一些,便會滿身香,像佛
　一樣。也許考試時,不會的題目說不定會突然頓悟。』

「又瞎說。」暖暖的語氣帶點責備,「這樣你的願望咋實現?」

我心頭一驚,幾乎忘了要上車。

回到學校後,覺得有些累。

不是因為身體的疲憊,而是覺得旅程要結束了,有種空虛的無力感。

同學們好像也是如此,因此教室裡頗安靜,完全不像前幾天的喧鬧。

「錢都用光了。」李老師開玩笑說,「晚上咱們自個兒包水餃吃。」

大夥一起擀麵皮、和餡、包餃子、煮湯,笑聲才漸漸甦醒。

吃飯時怎麼可以沒有餘興節目呢?

大夥說好,以組為單位,上台表演;但也不限,誰想上台便上台。

最先上台的一組不知道從哪弄來一塊布,隔在講台中間。

北京學生站左邊,台灣學生站右邊。

兩邊學生隔著布看著另一邊的影子、側耳傾聽另一邊的聲音。

一邊有動靜,另一邊立刻圍在一起竊竊私語。

一開始我看不懂他們在演啥?漸漸的,我開始懂了。

我不禁想起剛到北京時,兩邊的學生從陌生到逐漸熟悉,常可聽到:

「聽說你們那邊……」北京學生開了口,但不免支支吾吾。

「聽說你們這邊……」台灣學生也開口,但總是含混其詞。

彼此都很想滿足自己的好奇心,但又怕不小心誤觸地雷。

像拿了根長棍子在高空走鋼索,小心翼翼控制手中棍子維持平衡,

然後戰戰兢兢的,一步一步緩慢前進。

隨著熟悉度提高，腳下的鋼索越來越寬，終於變成一塊木板。

長棍子便被遠遠拋開，腳步變實，甚至開始跑跳。

剛聽到對方問題時的反應總是驚訝，因為覺得怎麼會有這種誤解，

到最後卻是伴隨爽朗的笑聲，因為覺得對方的誤解是件有趣的事；

同時覺得自己的誤解也很有趣。

原來彼此都在光線扭曲的環境裡，看到對方的長相。

於是彼此都不瞭解對方，卻都自以為瞭解。

「我們要解放台灣同胞。」左邊的北京學生突然說。

「來啊來啊，等好久囉。」右邊的台灣學生回答。

「別瞎說！」台下北京張老師很緊張。

「同學們愛玩，沒事。」李老師反而笑了笑。

「我們要拯救大陸同胞於水深火熱之中。」台灣學生說。

「喂！」台灣的周老師和吳老師不僅異口同聲，也幾乎同時站起身。

「好深喔。」

「好熱喔。」

北京學生這麼回答。

然後台下的學生們笑了，老師們的臉綠了。

講台中間的布掀開了，兩邊的人不再只是看見投射在布上的身影，

而是清楚看見對方的臉孔時，表情充滿驚愕。

互望一會後，臉皮逐漸放鬆；試著開始交談，漸漸有了笑聲。

最後彼此握了握手、輕輕擁抱。

台上的同學一起鞠個躬，台下則響起一陣掌聲。

「上台的同學別胡來。」張老師拍拍胸口，「別把我嚇出心臟病。」

接下來上台的是兩個學生，一個是台灣學生，另一個是北京學生。

「二把刀。」北京學生說。

「三腳貓。」台灣學生說。

「上台一鞠躬。」兩人同時說。

大概是相聲吧，我想。

「在台灣，有首童謠我一直搞不懂，想請教請教。」

「請教不敢當。一起琢磨琢磨便是。」

「那首童謠是這麼唱的：城門城門雞蛋糕，三十六把刀。騎白馬，
　帶把刀，走進城門滑一跤。」

「雞蛋糕是啥？三十六把刀又是啥？」

「不知道。小時候就這麼唱。」

「您唱錯了。城門城門幾丈高，三十六丈高。騎大馬，帶把刀，走進
　城門繞一遭。這樣才對。」

「三十六丈約一百米，快三十層樓高，天底下有這麼高的城牆嗎？」

「小孩兒人矮眼睛小，城牆看起來特高，挺合邏輯。」

「合邏輯？」

「肯定合。」

「那再來一首？」

「您請說。」

「一二三，到台灣，台灣有個阿里山。阿里山，有神木，明年一定回
　大陸。」

「這我倒沒聽過。回大陸是啥意思？」

「反攻大陸的意思。」

突然聽到「砰」的一聲，台灣周老師霍地起身，衝撞了桌角。

正吃水餃的吳老師噎著了，口中嗚嗚作聲，手指著台上的台灣學生。

「台灣的國民黨政府，從小就灌輸這種思想？」

「是啊。您以為如何？」

「灌輸得好哇！」

北京張老師坐不住了，站起身說：「您們倆行行好，別瞎說了。」

「老師們嚇傻了，咱們換個話題？」

「好。換話題。」

「聽說你們台灣話特會罵人。」

「這倒是。罵人最高境界是不帶髒字，但台灣話即使是稱讚的好話，
　也可能用來罵人。比方說，你媽媽比較好。這話也是罵人。」

「你媽媽比較好？這也是罵人？」

「沒錯。台灣話叫：你娘卡好。」

「哩拿咯厚？」

「接近了。」

台下的台灣學生被台上北京學生的怪聲怪調給逗笑了。

「這話咋來的？」

「甲午戰後台灣割給日本。台灣百姓上書給光緒，裡頭就有這句。」

「幹啥用的？」

「問候光緒他媽的身體好嗎？」

「啥？」

「就是給慈禧請安。」

兩位同學笑嘻嘻的，繼續東扯西扯，台下學生偶爾爆出如雷的笑聲。

好不容易終於扯完，老師們似乎都鬆了一口氣。

「我要表演民俗技藝。」學弟走上台說。

「非常好。」周老師、吳老師、張老師異口同聲。連李老師也點頭。

「我需要一個助手。學長。」學弟手指著我，「就你了。」

我一上台，學弟便遞給我一片口香糖，說：「請把包裝紙拆開。」

我拆開後，兩指夾著那片口香糖，學弟說：「請舉高。」

我將手舉到胸前高度，學弟彎著身仰頭向後，雙手背在身後。

學弟緩慢碎步靠近我，然後用雙唇夾住那片口香糖，我便鬆手。

學弟雙唇緊閉，維持彎身仰頭的姿勢，在台上走了一圈。

最後右手從口中抽出那片口香糖，直起身，鞠個躬：「謝謝大家。」

『你在幹嘛？』我問。

「這是青箭口香糖。」學弟指著包裝紙，「所以我剛剛表演的，

　是偉大的民俗技藝──『吞箭』。」

我全身凍僵，愣在當地。

「我還可以把劍咬碎喔。」學弟又將口香糖送進嘴裡，張口大嚼。

混蛋！自己丟臉還不夠，還把我拉上來一起丟臉。

我雙手掐住學弟脖子，說：『給我吞下去！』

「保安……」學弟喘著氣，「保安……」

我紅著臉走下台，暖暖笑著說：「你學弟滿有創意的。」

台上又有一組學生正演著紀曉嵐與文鸞的故事。

還有一個學生用黑色簽字筆在衣服寫上：文鸞之墓，因為他演墓碑。

「文鸞妹子，我來晚了，原諒哥哥啊！」

邊說邊敲打「文鸞之墓」，表達痛心。

明明是悲到底的悲劇，演起來卻像爆笑喜劇。

這點跟台灣偶像劇的演員一樣，總能把悲劇演成喜劇。

由北京學生的演出看來，大陸的偶像劇大概也是凶多吉少。

五個男同學趴跪在地上背部拉平，彼此手腳相接，看起來頗像城牆。

一個女同學大聲哭喊：「夫君呀！」

然後五個男同學倒地，城牆垮了。

用的是蒙太奇的表現手法，演的是孟姜女哭倒萬里長城的故事。

還有一組同學演出國民黨老兵回鄉探親的故事。

「我已經走了40年，小孩為什麼才38歲？」
「他太思念父親了，所以忘了長大。」

我們這組成員也商量著表演什麼？
我說讓四個人疊羅漢演邁達拉佛，暖暖在佛前祈禱：請降生人間吧。
然後我演剛出生的嬰兒，讓人拿手電筒照額頭，這樣頭上就有佛光。
『我來扮演降生人間的未來佛，最有說服力。』我說。
「閉嘴。」暖暖和其他組員說。
組員們人多嘴雜，始終拿不定主意。
「乾脆反璞歸真，就唱首歌。」暖暖說。
『什麼歌？』我問。
「準保大家都會唱。」暖暖賣了個關子。

輪到我們這組上台，暖暖說：「我們要唱〈大約在冬季〉。」
「不成！」台下學生說。
「咋不成？」暖暖說。
「要唱也該大夥兒一塊唱！」
說完全部同學便跑上台，還把四位老師也拉上來。
有人喊出一、二、三、唱！
五十幾個人便同時開口唱：

　　輕輕的　我將離開你　請將眼角的淚拭去
　　漫漫長夜裡　未來日子裡　親愛的你別為我哭泣

前方的路雖然太淒迷　請在笑容裡為我祝福
雖然迎著風　雖然下著雨　我在風雨之中念著你

沒有你的日子裡　我會更加珍惜自己
沒有我的歲月裡　你要保重你自己

你問我何時歸故里　我也輕聲地問自己
不是在此時　不知在何時　我想大約會是在冬季
不是在此時　不知在何時　我想大約會是在冬季

我想大約會是在冬季……
歌聲剛歇，同學們情緒亢奮，在台上又笑又叫。
彷彿拿到決賽權而明天要打世界杯決賽，個個鬥志高昂、熱血澎湃。
就差窗外沒夕陽了。

漸漸的，大家想起這不是慶功的晚宴，而是離別的前夕。
明天早上，台灣學生八點就得坐車離開，要趕十點多的飛機。
心情的轉換只在瞬間，當大家意識到即將離別時，
笑聲變輕、笑容變淡。
然後開始互相合拍照片、留下電話和 E-mail。
有的跑回寢室拿出禮物互贈，當作紀念。
這些禮物通常是電話卡、明信片之類的小東西。
氣氛變得有些微妙，帶點傷感。

我不禁想起中學時代也曾參加過夏令營之類的活動。
活動結束前一晚，總在空地升起營火，所有人圍著營火唱〈萍聚〉。
那氣氛真是催淚到不行，很少人的眼睛能夠全身而退。
彷彿就要和這輩子最好的朋友分離、就要失去摯愛，
恨不得變成徐志摩，把內心豐沛到已經滿溢的情感用文字表達。
可惜沒有人是徐志摩，於是只能讓心中的酸意蔓延至全身。
然而下山後一個星期，山上夥伴的笑顏便開始模糊。

有些女同學的眼眶已經紅了，還有人輕輕拭淚。
我早已過了在演唱會拿著螢光棒左搖右晃的年紀；
也相信所有沛然莫之能禦的情感只是離別氣氛催化下的產物。
我告訴自己，這會是將來美好的回憶，但不需要付出眼淚去交換。
萬一我不小心情緒失控，我一定會狠狠嘲笑自己的幼稚。

「我住南投，如果妳以後來台灣，我帶妳去日月潭玩。」
聽到一位台灣女學生邊擦淚邊這麼說，讓我想起暖暖也想去暖暖，
我突然感到有些鼻酸。
定了定神，悄悄溜出教室。

我走到幾乎聽不見教室內聲音的地方，抬頭看了一眼夜空。
明天的夜空就不是長這樣了，我心裡想。
「涼涼。」暖暖的聲音在背後響起。

我轉過頭，暖暖遞給我一張紙。

「你還沒寫電話和 E-mail 給我呢。」她說。

我蹲下身，以左腿為墊，寫了電話和 E-mail，站起身把紙遞給她。

「住址也要。」她沒接過紙，只是笑了笑，「興許我會寫信。」

我又蹲下身，換以右腿為墊，寫下地址，再站起身把紙還給她。

「我不用寫嗎？」暖暖問。

『當然要啊。』

摸遍身上口袋，找不到半張紙，只得從皮夾掏出一張鈔票，遞給她。

「我真榮幸。」暖暖說，「可以寫在鈔票上。」

『這樣我的皮夾裡永遠都會有錢。』

「嗯？」

『因為這張鈔票會永遠躺在我的皮夾裡。』我說。

「如果你換了皮夾呢？」

『這張鈔票也會跟著搬家。』

「如果你皮夾被扒了呢？」

我趕緊又掏出那張鈔票，仔細記下那串英文字母和數字。

『別擔心。』我說，『我已經牢牢記在心裡了。』

不遠處有張石凳，我和暖暖便走過去，並肩坐了下來。

「你知道為什麼要唱〈大約在冬季〉嗎？」暖暖問。

『我知道。』我說，『我們在紫禁城護城河旁時，妳問我什麼時候

　帶妳去暖暖，我回答說大約在冬季。』

「你記得就好。」暖暖笑得很開心。

『暖暖。』我問，『妳眼睛還好吧？』

「眼睛？」暖暖眨了眨眼睛，「沒事呀。我眼睛咋了？」

『要跟這麼多朋友道別，我想妳應該會傷心流淚。』

「只要會再見面，所有的離別都是暫時的。」

暖暖的表情很從容，看不出波動。

『為什麼會再見面？』我問。

「你忘了嗎？」暖暖說，「在什剎海旁，你說過如果我在北京工作，你就來北京找我。」

『我記得那時有風，所以應該算是風中的承諾。』

「涼涼，你……」

暖暖突然急了，滿臉漲紅，眼眶也泛紅。

『我是開玩笑的。』我趕緊說。

「都啥時候了，還開玩笑？」

『妳知道的，我是飯可以不吃、玩笑不能不開的那種人。』

「我不知道。」

『《論語》說：君子無終食之間違仁，造次必於是，顛沛必於是。我就是典型的君子，造次時會開玩笑，顛沛時也還是會開玩笑。』

「論語是這樣用的嗎？」暖暖白了我一眼。

『不管怎樣，』我苦笑，『剛剛真的是開玩笑。』

「好。」暖暖說，「現在沒風，你說，你要不要來北京找我？」
『沒風時我不敢下承諾。』我說。
「喂！」
『妳看，我又開了玩笑，這種氣節真是無與倫比。』
「你說不說？」
『先等等。我得陶醉在自己無與倫比的氣節中幾秒，才能說話。』
「你到底說不說？」
『風怎麼還沒來？』
「快說！」
『如果妳在北京工作，我就來北京找妳。』
「啥時來？」
『剛唱過的，大約在冬季。』
暖暖終於又笑了。

「所以我說，只要會再見面，所有的離別都是暫時的。」
暖暖說完後，抬頭看了看夜空，神情自在。
我和暖暖或許會再見面，但中間的過程要花多久，我不知道；
我只知道明天一旦上車，當暖暖的身影消失在視線盡頭時，
我便會開始想念她。
而所謂的明天其實只不過是眼前的夜空由黑變白而已。

『還好。現在有網路。』我的語氣像在安慰自己。

「是呀。」暖暖說。

『對了，台灣叫網"路"，你們這邊叫網"絡"，妳知道嗎？』

「當然知道。」暖暖的語氣有些埋怨，「咋老講廢話。」

『怕妳不知道啊。結果我從網路寫信給妳，妳卻跑到馬路邊收信。』

「我才沒這麼笨。」暖暖輕輕哼了一聲。

『有網路就方便多了。』我說。

「網絡用來聯絡事情很方便，但用來聯絡感情……」暖暖搖搖頭。

『怎麼說？』

「心的距離若是如此遙遠，即使網絡再快，也沒有用。」

『暖暖。』我說，『妳有時講話會帶有哲理，偶有佳作。』

「不是偶有佳作。」暖暖笑說，「是必屬佳作。」

『如果世上的男女都能以純真的心對待彼此，』我仰頭看一眼夜空，

『到那時網路就可以含笑而斷了。』

「是呀。」暖暖說。

『妳這次怎麼沒反駁我？』

「因為我也是這麼認為呀。」她笑了笑。

『在網路還沒含笑而斷前，我會寫信給妳。』我說。

「我知道。」暖暖說。

然後我們都不再說話，單純地坐在一起。

我開始回憶這幾天來相處的點點滴滴，想著想著，不自覺露出微笑。
「你想起哪段？」暖暖問。
『嗯？』
「你不是正想著我們這些天做了啥、說了啥嗎？」
『妳知道我在想什麼？』
「我知道。」暖暖露出神祕的微笑。

時間剛過 12 點，嚴格來說，今天就得離開北京。
暖暖站起身說了聲晚了，我點點頭，也站起身。
往回走了兩步，突然意識到這也許是我和她獨處的最後一點時間。
我想開口說些話，說什麼都好，但話到嘴邊總是又吞了回去。
這樣不行，我心裡一定有某些話只能現在說，不說就再也沒機會了。
雖然我曾告訴學弟，我不會跟暖暖說我喜歡她；
但現在卻有股衝動，想突破自己內心畫出的方格。

我自認有賽車手的心臟、拳擊手的血液，
但此刻再也無法維持正常的心跳和血溫。
『暖暖。』我鼓起勇氣開口：『妳知道的。』
她轉頭看了一眼我的神情，點了點頭，說：「嗯。我知道。」
暖暖，我也知道。
我知道妳知道我想說什麼。

「明朝即長路，惜取此時心。」暖暖說。

我停下腳步。

「這是錢鍾書的詩句。」暖暖又說。

明天就要遠行，今夜此情此景，我大概想忘也忘不掉。

『暖暖。』我說，『我會的。』

「我知道。」暖暖說。

我們相視而笑，各自走回寢室。

回寢室後，想先洗個澡，再整理行李。

在浴室門口剛好碰到學弟，我問：『你跟王克說了嗎？』

「說了。」他說，「我把那幅才子卷軸送給她，然後說：我是才子，
　妳願意做我的佳人嗎？」

『王克怎麼說？』

「她什麼也沒說。」他嘆口氣，「我等了十分鐘，她一句話也沒說，
　表情也沒什麼變化，我就走了。」

『往好處想，至少她沒賞你一巴掌。』

「是啊。」學弟淡淡地說，「往好處想。」

洗完澡，剛走回寢室，徐馳和高亮立刻送東西給我。

徐馳送了四片木製書籤，上頭彩畫了一些山水花鳥；

高亮送的是一套三張的藏書票。

我急忙道謝收下，想起自己也該回送些什麼，但卻兩手空空。

只好從皮夾起掏出兩張電話卡，剛好上頭印了台灣名勝。

『台灣有兩種公用電話卡，請你們留作紀念。』我很不好意思，說：
『很抱歉，我沒準備禮物，請別見怪。』
徐馳和高亮都笑了笑，直說沒事。

我開始整理行李，出門八天的行李多少還是有點份量。
高亮細心提醒我別忘了帶台胞證和機票，
徐馳說：「提醒他作啥？最好讓他走不了。」
我整理好了，拉上行李箱拉鍊，把台胞證和機票收進隨身的小背袋。
「早點睡吧，明天得早起，飛機不等人的。」高亮說。
我欲言又止。
「別來哭哭啼啼、依依不捨那套，快睡。」徐馳說。

躺在床上，思潮洶湧，很難入睡。
迷迷糊糊間天亮了，洗把臉，到食堂吃早點。
跟前些天不同的是，食堂裡一點聲音也沒。
吃完早點回到寢室，拉著行李箱，背上背袋，走到校門口等車。
不用上車的北京學生也在，似乎都想送台灣學生最後一程。

遠遠看到暖暖跑過來，到我身旁後，喘了幾口氣，伸出手說：
「給。」
我接過來，是一個包裝好的小禮物，很沉。
「不是啥好東西，不嫌棄的話就收了唄。」暖暖說。
『這是？』

「三天前在大柵欄裡買的。」

我想起那時暖暖突然要我等她十分鐘，原來是跑去買這東西。

很後悔自己沒準備東西送暖暖，情急之下又從皮夾掏出一張鈔票。

「又是鈔票？」暖暖說。

『這給妳。』我把這張紅色百元台幣遞給暖暖。

「給我錢作啥？」

『不不不。』我說，『別把它當錢，妳看這上頭有孫中山肖像，如果
　妳以後想念起孫中山，便不用大老遠跑去南京中山陵瞻仰。』

「好。」暖暖收下鈔票，笑了笑，「謝謝。」

車子到了，該上車了。

『暖暖，妳要好好活著。別學文鸞。』我說。

暖暖大概連瞪我的力氣也沒，表情有些無奈。

「行。」暖暖簡單笑了笑，「我盡量。」

上了車，隔著車窗用心看著每張揮手的臉。

我相信幾個月後甚至幾年後，我仍然會記住這些微笑的臉龐。

徐馳也揮揮手，嘴裡說：「走吧走吧，別再來了。」

真是個白爛。

我的視線最後停留在暖暖身上。

暖暖只是淡淡笑著，並沒揮手。

車子起動了，車輪只轉了半圈，暖暖突然用力揮手。

「涼涼！」暖暖高聲說：「再見！」

揮揮手的那瞬間，暖暖突然立體了起來。

8.

暖暖，我離家越來越近，但卻離妳越來越遠了。

以往車子總是滿滿的人，現在卻只坐一半，感覺好空。

車內少了笑聲，連說話聲也沒，只聽見引擎聲。

好安靜啊。

我拆開暖暖送的禮物，是個金屬製的圓柱狀東西，難怪很沉。

這並不完全是個圓柱，從上頭看，缺了些邊，看起來像是新月形狀。

高約十公分，表面鍍金，但顏色並不明亮，反而有些古樸的味道。

柱上浮雕出二龍戲珠，柱裡中空，如果放筆，大概可放十枝左右。

我把玩一會，便小心收進背袋裡。

到了首都機場，下了車，同學們各自拿著自己的行李。

「同學們再見了，記得常聯絡。」李老師笑了笑，「這次活動有啥
　不周到的地方，同學們別見怪。」

「一路好走。」張老師也說。

這些天李老師每到一個景點，便用心解說，語氣溫柔像個慈父；

而張老師則幾乎把一切雜務都包在身上。

聽見李老師這般謙遜客氣的說法，有些女同學眼眶又紅了。

幾個學生抓緊時間跟兩位老師合照。

我也把握住時間跟李老師由衷道聲謝謝，李老師輕輕拍拍我肩膀。

「送君千里，終須一別。」李老師說。

李老師和張老師最後和周老師、吳老師握了握手後，便上車離開。

辦好登機手續，行李箱也托運了，排隊等候安檢時，
我看見學弟手裡拿著卷軸，便問：『你不是送給王克了嗎？』
「她剛剛又拿來還我。」學弟苦笑著。
學弟的背影看來有些落寞，我也不知道該說什麼安慰他。

我將背袋放進輸送帶，經過Ｘ光機器時，安檢人員的神情有些異樣。
安檢人員拿出我背袋中暖暖送的東西，問：「這幹啥用的？」
『讓筆休息用的。』我回答。
「啥？」
『這是……』怕再惹出湯匙和勺的笑話，我有些遲疑說：『筆筒？』
「筆筒是吧？」他再看一眼，然後還給我，說：「好了。」
原來你們也叫筆筒喔。

收拾背袋時，瞥見學弟的卷軸，便拿著。
『你東西掉了。』我拍拍學弟的肩膀。
學弟轉身看了我一眼，說：「學長。我不要了，就給你吧。」
我還沒開口，學弟便又轉身向前走。

上了飛機，剛坐定，順手拆開卷軸。
卷軸才剛攤開，從中掉出三張捲藏在卷軸裡的紙。
我一一攤開，只看一眼，便知道是三張鉛筆素描。
第一張畫的是長城，上頭有一男一女，男生拉住女生的手往上爬；

第二張是一男一女在胡同，女生雙手蒙著臉哭泣，男生輕拍她的肩。
第三張是佛香閣前陡峭的階梯，最前頭的男生轉身拉著女生的手，
女生低著頭，後面有一對男女站在低頭女生的左右。

而卷軸的「才子」右下方，又寫了字體較小的「佳人」二字。
我來不及細想，便拍拍坐我前頭的學弟，把卷軸和三張畫都給他。
學弟一臉驚訝，然後陷入沉思。
學弟突然解開安全帶，站起身，離開座位。
我嚇了一跳，也迅速解開安全帶站起身從後面抱住他，說：
『飛機快起飛了，你別亂來！』
「學長。」學弟轉頭說，「我上個廁所而已。」

學弟走到洗手間旁，我雙眼在後緊盯著。
空中小姐告訴他說：飛機要起飛了，請待會再使用洗手間。
學弟轉身走回座位，坐下來，扣上安全帶，拿起卷軸和畫細看。
飛機起飛了，安全帶警示燈熄滅了，學弟終於收起卷軸和畫。
我鬆了口氣，便閉上雙眼。

暖暖，我離家越來越近，但卻離妳越來越遠了。

北京飛香港差不多花了四小時；在香港花了一個小時等候轉機；
香港飛桃園機場花一個半小時；通關領行李花了四十分鐘；

出機場坐車回台南花三個半小時；下車坐計程車，花十五分鐘到家。
剩下的路途最短卻最遙遠，我要提著行李箱爬上無電梯公寓的五樓。
到了，也累癱了。

躺在熟悉的床上卻有股陌生的感覺。
只躺了十分鐘，便起身打開電腦，連上網路。
收到徐馳寄來的 E-mail，裡頭夾了很多相片圖檔。
拜網路之賜，這些相片比我還早下飛機。
我一張張細看，幾乎忘了已經回到台灣的現實。
看到暖暖在神武門不小心撲哧而笑的影像，我精神一振。
但沒多久，卻起了強烈的失落感。

嘆口氣，繼續往下看，看到我在九龍壁前的獨照。
感覺有些熟悉，拿出暖暖送我的筆筒相比對。
筆筒上的二龍戲珠跟九龍壁中的兩條龍神韻很像。
或許所有二龍戲珠圖案中兩條龍的身形都會類似，
但我寧願相信這是暖暖的細心。
那時我在九龍壁特地要徐馳幫我拍張獨照，所以她挑了這東西送我。

暖暖，妳真是人如其名，總是讓人心頭覺得暖暖的。

我將筆筒小心翼翼拿在手裡。

然後放進抽屜。

因為不想讓它沾有一絲絲塵絮，寧可把它放在暗處裡。

這是一種什麼樣的珍惜？

在收件者欄輸入暖暖的E-mail，然後在鍵盤打下：

暖暖。

我到家了，一路平安。

妳好嗎？

涼涼在台灣。

9.

之後連續兩天，我仍然無法脫離北京狀態，腦子有些錯亂。

覺得實在無法靜下心時，便寫 E-mail 給暖暖。

兩天內寫了七封 E-mail，暖暖也回了我七封。

信的內容都是具體的事物，而不是抽象的感覺。

我不會寫：台灣的風，在沒有妳的黑夜裡，依然無情地颳著。

暖暖也不會寫：失去你的身影，北京的太陽也無法照亮我的心房。

我們都只是告訴對方：正努力活著，做該做的事。

一覺醒來，已快中午。

打開電腦，收到暖暖的回信。

信上寫：

涼涼。

你還活著就好。我很好，也活著。

快去吃飯吧。

暖暖在北京。

我洗了把臉，下樓去覓食。

街景是熟悉的，人們講話的腔調也熟悉，我果然回到家了。

在北京連續八天聽了太多捲舌音，覺得聲音在空中不再是直線傳遞，

而是化成一圈一圈像漩渦似的鑽進耳裡。

我的耳朵快多長一個渦了。

吃飽飯後，又看了一次徐馳寄來的相片檔。

視線依然在暖暖的影像前駐足良久。

看完後眼睛有些酸，

擦了擦不知是因為眼酸或是難過而有些濕潤的眼角。

關上電腦，躺在床上。

再度睜開眼睛時，天已經黑了。

不管白天或黑夜，重複覓食、開電腦、看相片、發呆、躺下的過程。

感覺三魂七魄中少了一魂兩魄，人變得有些恍惚。

就這麼度過第一個完全看不到暖暖的日子。

之後連續兩天，我仍然無法脫離北京狀態，腦子有些錯亂。
覺得實在無法靜下心時，便寫 E-mail 給暖暖。
兩天內寫了七封 E-mail，暖暖也回了我七封。
信的內容都是具體的事物，而不是抽象的感覺。
我不會寫：台灣的風，在沒有妳的黑夜裡，依然無情地颳著。
暖暖也不會寫：失去你的身影，北京的太陽也無法照亮我的心房。
我們都只是告訴對方：正努力活著，做該做的事。

偶爾也起了打手機給暖暖的念頭。
現在手機普遍，可隨時隨地找到人；
但也因隨時隨地，對方人在哪裡、做什麼事，你完全沒概念。
比方說，我在北京第三天時，接到一通大學同學打來的電話。
「現在有空嗎？」他說。
『有啊。』我說。
「出來看場電影吧。」
『可是我人在北京耶。』
「……」

所以我總是克制想打手機給暖暖的欲望。
一方面是因為電話費可能會很貴；
另一方面是覺得沒什麼特別奇怪的事值得打電話。

如果我在路上撿到很多錢或是突然中了樂透，那麼兩方面都可滿足；
既有錢且這種事非常罕見。

但我一直沒撿到錢，樂透也沒買。

第四天醒來時就好多了，起碼想起自己還得找工作、寄履歷。

打開電腦後，收到一封陌生的E-mail，岳峰姑娘寄來的。

我跟岳峰的互動不多，算不上很熟，臨走前她也沒跟我要E-mail。

為什麼寫信給我呢？

看了看信件標題：想麻煩你一件事。

麻煩我什麼事？做她的男朋友嗎？

只怪我再怎麼樣也稱得上是風度翩翩，岳峰會陷進去算是情有可原。

唉，我真是造孽啊。

打開了信，信裡頭寫：

從暖暖那兒知道你的E-mail。

請告訴我，你學弟的E-mail，王克要的。

岳峰。

ps.順道問你一聲好。

有沒有搞錯？

寄信給我竟然只在ps裡問好，而且還是順道。

我連回都不想回，直接把這封信轉寄給學弟。

然後我收拾起被岳峰姑娘戲弄的心，開始整理履歷表。

除了早已準備好的學經歷及專長的表格外，我又寫了簡單的自傳。

自傳用手寫，寫在從北大買回來的信紙上。

在這電腦發達的時代，算得上是特別吧。或許可因此多吸引些目光。

我一共找了五家公司，自傳寫了五份。

寫完後，連同表格，分別裝進五個北大信封裡，然後下樓寄信。

三天後，我接到通知我面試的電話。

隔天我便盛裝坐火車北上去面試。

果然一見面他就問我：「為什麼用北大的信封信紙？」

『我是北大校友。』我說，『北大這所學校的朋友，簡稱北大校友。
　我在那待過半天。』

他愣了一下，然後說：

「我念碩士班時做過一個研究：喜歡講老梗冷笑話的人，上班特別
　認真。因為這種人沒異性緣、人際關係也不好，工作便成了唯一
　的寄託。」

我不知道這代表好或是不好？心裡頗為忐忑。

「你什麼時候可以來上班？」過了一會，他說。

『越快越好。』我說。

「那就下星期一開始。」

『沒問題。』

我找到工作了，沒感到特別興奮，好像只是完成一件該做的事。
後來又陸續接到兩通電話，我都以找到工作為由回絕了。
反正對我這種專業的社會新鮮人而言，工作性質都是類似的。
我找好了新房子，準備北上就業。

收拾好一切，該打包的打包、該裝箱的裝箱、該留下的留下。
暖暖送的筆筒安穩地躺在隨身的背袋裡。
昨天已約好了搬家公司，他們一個小時後會到。
電腦最後才裝箱，因為我打算再寫一封 E-mail 給暖暖。

我信上寫：
暖暖。
我找到工作了。
我得搬家，搬到新竹。（台灣只有新竹，沒有舊竹）
安頓好了，會把新的地址告訴妳。
涼涼在台灣。

10.

涼涼。

冰是不等人的。

春天到了，冰融了。

花要開了、草要長了、樹要綠了。

暖暖要老一歲了。

而涼涼呢？

暖暖在北京。

開始上班的日子很規律，也很正常。

以前當研究生的日子也叫規律，卻不正常。

之所以叫規律是因為總是天亮說晚安、中午吃早餐；

但那種日子不能叫正常吧。

我現在有兩個室友——小曹和小何，都是男的。

每人一間房，共用客廳、廚房和浴室。

他們的工作性質和我類似，我們都在竹科上班。

我們這類人彼此間熟得快，只要一起打場連線電動就熟了。

我們三人專業背景相似、說話投機，連笑聲都像突然被電到的猴子。

搬進來當天，我便組裝好電腦，連上網，發了封 E-mail 給暖暖。

然後才開始將行李拆箱，整理房間。

沒什麼是不能適應的，孤身一人在哪落地，自然會生根。

每天七點半出門，八點進公司，雖然五點半下班，但我會待到八點。

反正回家也通常是坐在電腦前，不如坐在公司速度比較快的電腦前。

試用期是三個月，但我兩個禮拜後就進入正軌。

同事們相處很融洽，不會出現電視劇裡常有的辦公室勾心鬥角情節。

工程師不是靠嘴巴闖蕩江湖，你肚子裡有沒有料，大家都心知肚明；

而且通常那種特別厲害的工程師，都不太會講話或是應酬。

偶有幾個比較機車的人，但比例比學校中要少。

如果你在念大學，你應該能深刻體會大學裡機車的老師還真不少。

公司裡大部分是男同事，難得出現的女同事通常負責行政工作。

女同事們的外表看起來……

嗯，用委婉的話說，是屬於不會讓你分心的那種。

甚至會逼你更專注於工作上。

小曹和小何的公司也有類似情形，小曹甚至說他的公司會嚴格篩選。

「如果找漂亮一點的女生進來，公司裡那麼多男工程師怎麼專心？」

小曹說，「所以面試時，公司會嚴格篩選，專挑恐龍。」

我想想也有道理。

對我們這種人而言，電腦就是我們的愛人；

而網路就是愛人的靈魂。

讓我們瘋掉很簡單，網路斷線就夠了。

我們成天幻想未來另一半的樣子，但不知道會在哪遇見她？

只知道一定不會在公司裡。

我們不會也不懂得搭訕，因為不擅言辭；

我們拙於表達，因為表達用的是文字而非程式語言。

我們很天真，因為電腦0與1的世界黑白分明，

不像現實社會顏色紛亂。

我們常在網路上被騙，不是因為笨，也不是因為太容易相信人；

而是因為渴望異性的心熾熱到心甘情願承受被騙的風險，

即使這風險高達九成九。

但欺騙我們的感情就像欺騙父母雙亡冬夜在巷口賣花的小女孩一樣，
都叫沒有人性。

但我和他們有一點不同。

那就是我曾遇見美好的女孩，她叫暖暖，她讓我的生命發亮。

我不用幻想未來的另一半，因為我已經知道她的樣子。

雖然我不知道是否能在一起，而且恐怕不能在一起的機率高得多，

但起碼我已不需要想像。

從這個角度來說，我的心是飽滿的，很難再被塞進任何女生的倩影。

即使一個五星級美女嗲聲嗲氣、眼角放電、臉上掛著迷人微笑說：

「帥哥，幫我修電腦。好不好嘛，好不好嘛……」

我也能保持鎮定，然後以零下十度的口吻說：『沒空。』

所以雖然看不到暖暖、聽不到暖暖的聲音，但暖暖始終在我心裡。

我偶爾會發E-mail給暖暖，說些生活上的瑣事。

然而對我這種無論何時何地走路一定靠右邊的人而言，

所謂的瑣事既不瑣也不多。

有次實在很想發E-mail給暖暖，卻怎麼樣也找不到瑣事，

只好寫：今天是連續第七天出太陽的日子。

暖暖回信說：辛苦您了。乾脆說說你室友吧。

我的室友也沒啥好說的，他們跟我一樣枯燥乏味。

而某些比較特別或有趣的事，我也不方便跟暖暖說。

比方說，一天不打電動就活不下去的小曹，有天突然看起文學名著。
而且還是《紅樓夢》。
我和小何大驚失色，因為這是典型的失戀症狀。

「我今天逛進一個網站，上面寫著日本AV女優的各項資料。沒想到
　她們的興趣欄裡，竟然多數填上讀書。」小曹說，「讀書耶！AV
　女優耶！像我這種血性男兒怎麼可能不被激勵呢？」
我和小何轉身就走，完全不想理小曹。

還有一次，小何從浴室洗完澡出來，頭髮還梳得整整齊齊。
他用緩慢且慎重的步伐走近書桌抽屜，輕輕拉開，拿出一片光碟。
微微向光碟點頭致敬，然後用顫抖的手放入光碟機裡，神情蕭穆。
「你在幹嘛？」我和小曹異口同聲。
「我的女神。」小何用虔誠的口吻說，「高樹瑪利亞。」

「身為你的室友，我有義務糾正你這種錯誤的行為。」小曹高聲說。
「喔？」小何轉過頭。
「所謂的女神……」小曹單膝跪地，雙手合十，仰頭向天，說：
「只有川島和津實。」
然後他們兩人吵了起來。

我的室友們是這樣的人，我怎能跟暖暖啟齒？

所以我還是只能盡量找出生活上的瑣事告訴暖暖。

而且這些瑣事最好跟小曹和小何無關。

隨著我的工作量加大，回家時間也變晚。

這時才開始試著跟暖暖提到一些心情。

暖暖。

昨晚十點被CALL去公司改程式，凌晨兩點回來。

突然覺得深夜的街景很陌生。

有些心慌，還有累。

涼涼在台灣。

沒想到十分鐘後就收到暖暖的回信。

涼涼。

人在江湖飄，哪能不挨刀。

工作壓力大，難免有感觸。

今早的太陽，總會照亮昨夜的黑。

暖暖在綏化。

綏化？

我立刻回信問暖暖，綏化是什麼地方？

暖暖也立刻回信說，綏化是她老家。

她昨天回家，開學了再回北京。

我腦海裡幻想著綏化的樣子。

想起在什剎海旁，暖暖問我如果她在老家工作，我去不去找她？

那時也不知道是哪股衝動，我竟然說會。

綏化應該是座大城市，如果真要去黑龍江找暖暖，應該不難吧。

我也跟徐馳和高亮通了幾次信，他們剛從大學畢業，順利找到工作。

高亮沒忘了他說過要帶我去爬司馬台長城；

徐馳則不斷交代：以後到北京，一定得通知他。

我相信這不是客套，便把這話記下了。

學弟還在念書，我們偶爾會通電話。

「學長。我跟你說一件事。」有次學弟打來。

『什麼事？』

「我今天有打電話給王克喔。」學弟的聲音很興奮。

『喔。她還好嗎？』

「不好。」

『她怎麼了？』

「她接到我的電話，竟然喜極而泣呢。」

『……』

「學長，你知道什麼叫喜極而泣嗎？」

『知道。』

「喜──極──而──泣耶！」

『你是打電話來炫耀的嗎？』

「不是要炫耀，而是要刺激你。我知道你一定不敢打電話給暖暖。」

『你管我。』

「喜──極──而──泣啊！」

『喜你媽啦！』

我掛上電話，不想理他。

試用期過了，薪水也調高了些，我開始有了穩定的感覺。

有時甚至會有即將老死於此的感覺，不禁全身冒冷汗。

暖暖。

我工作穩定了。

但很怕因為穩定而失去活力，久了便成為雕像。

而且還是面無表情的雕像。

涼涼在台灣。

涼涼。

沒聽過有人嫌穩定。

難不成你想亂飄？

江湖求穩，亂飄易挨刀。

而且還沒來北京找我前，你不會變雕像。

暖暖在北京。

時序進入秋季，我和小曹、小何開了輛車到谷關洗溫泉。

途中經過天冷，我們停下車買冰棒吃。

那時我突然想起和暖暖在紫禁城神武門外吃冰棍的往事。

然後想起暖暖問我什麼時候帶她去暖暖，而我回答大約在冬季。

最後由大約在冬季想起離開北京前夕，我和暖暖在教室外的談話。

「明朝即長路，惜取此時心。」

暖暖的聲音彷彿在耳畔響起。

回憶依然如此清晰，並沒有被時間弄淡。

在北京雖只八天，但每一天都在時間座標軸上留下深深的刻痕。

不管在生命中的哪些瞬間回頭看，都能清楚看見那些刻痕。

暖暖，我很想念妳。

妳知道嗎？天冷的冰棒真的很好吃。

冬天悄悄來臨，最先感受到的不是氣溫的降低，而是風勢的加強。

新竹的強風會這麼有名不是沒道理的。

下班回家時，還被風吹得整個人搖搖晃晃。

打開信箱，發現一封用手寫的，寄給我的信。

這實在太難得了，可以去買張樂透了。

自從網路和手機發達後，我已經幾百年沒收過手寫的信。

等電梯時，看了看寄件人住址──北京。

第一反應便是想到暖暖。

我趕緊離開電梯，走出門，在門口哇哇亂笑一陣、手舞足蹈一番，
然後再走進門，來到電梯口。

不這樣做的話，待會上樓萬一太過興奮，會被小曹和小何嘲笑。

『回來了。』走進家門，我淡淡地說。

「第三個宅男終於回來了。」小曹說。

『又是平凡的一天，路上半個正妹也沒。』我說。

「醒醒吧，阿宅。」小何說。

我強忍笑意，把信藏好，一步一步走向房間。

在快得內傷前終於進了房間，關上門，身子往後飛上床。

把信拆開，暖暖寫了滿滿兩張信紙。

暖暖說她課業很重，睡眠時間變少了，興許很快就老了。

然後暖暖說了很多日常生活的瑣事，也說她變瘦了。

她還說前幾天買了些炸奶糕吃，知道我愛吃，可惜吃不著。

於是她將炸奶糕放進紙袋，用信紙包起來，經過七七四十九個小時，
再把信紙拿來寫信。

「你聞到炸奶糕的香味了嗎？」

我聞了聞信紙，好像還真的可以聞出一股香味。

但我相信，這香味來自暖暖的心。

看到這裡，我才突然發現，暖暖寫的是繁體字。
想起在北京教漢字的老師說過，由繁入簡易、由簡入繁難。
暖暖寫這封信時，一定花了很多心血吧。

信件最後，暖暖寫下：
「北京就快下雪了，啥時候帶我去暖暖？」
我有些難過，放下信紙，躺了下來。

暖暖，我相信妳知道我想帶妳去，不管多困難。
我相信妳知道的。
如果妳在水裡呼救，我的第一反應是立刻跳下水；
然後在滅頂的瞬間，才想起我根本不會游泳。
即使跳水前我的第一反應是想起不會游泳，我還是會跳；
因為我相信意志，相信它帶來的力量。
但當妳說想去暖暖，我的第一反應卻是台灣海峽，
那並不是光靠意志就可以橫越，起碼不是我的意志。
所以我無法答應妳。

我躺了很久，不知道該如何回覆暖暖。
最後還是硬著頭皮、打起精神，走到書桌前坐下。
拿出繁簡字對照表，把要寫的字，一字一字寫成簡體字。
這可不像 E-mail，只要按個轉換鍵，不管多少字瞬間就轉換繁簡。
於是平常不到半個鐘頭可以寫完的字，現在竟然要花三個多小時。

我告訴暖暖，前些日子在天冷吃冰棒時很想也讓她吃上一根。
但如果我用信紙包住冰棒經過七七四十九個小時，信紙恐怕就毀了。
信件最後，我寫下：
不管北京的雪下得多大，暖暖是不會下雪的。

我相信暖暖收到信後，一定會說我又耍賴。
但我如果不耍賴，又能如何？
我和暖暖不是推動時代洪流的領導者，
只是被時代洪流推著走的平凡人。
在時代洪流中，我和暖暖既不知道目的地，也無法選擇方向。
只能努力活著。

新的一年來到，離開北京也已過了半年。
時間流逝的速度遠比薪水數字增加的速度快得多。
偶爾會驚覺時間流逝的迅速，便會開始思考人生的意義是什麼？
奮鬥的目標又是什麼？
但多數時候還是想起暖暖。
暖暖在做什麼？過得好嗎？

我經常會看徐馳寄來的相片檔，那是一種依戀。
每當看見我和暖暖並肩在夕陽下喝酸奶的背影，
總想起「純粹」這字眼。
下次見到暖暖時，曾有的純粹是否會變質？

我多麼希望能長長久久，跟暖暖並肩坐著，悠閒地欣賞夕陽；
但現實生活常是在夕陽下拖著上了一天班的疲憊身子回家。
暖暖，我還保有那份純粹，我認為最重要的事是陪妳看夕陽；
但即使我死命抱住那份純粹、拒絕放手，總會有那麼一天，
我認為最重要的事是賺了錢、升了職、買了房。

到那時，左右我心跳速率的，可能是股票的漲與跌；
而非暖暖眼神的喜或悲。
暖暖，請給我力量，讓我緊緊抱住那份純粹。
在下次見到妳之前。

涼涼。
什剎海結冰了。
我滑冰時堆了個雪人，挺像你的。
就差副眼鏡。
你還是不會滑冰嗎？來，我教你。
摔了不許哭。
哭了還是得摔。
暖暖在北京。

涼涼。

冰是不等人的。
春天到了，冰融了。
花要開了、草要長了、樹要綠了。
暖暖要老一歲了。
而涼涼呢？
暖暖在北京。

涼涼。
熱暈了。
酸奶喝了不少。
想起你也愛喝，但喝不著咋辦？
我喝酸奶嘴酸，涼涼喝不著，會心酸嗎？
想把牛奶給你寄去，你收到後興許就變酸奶了。
暖暖在北京。

涼涼。
下星期要論文答辯了。
有些緊張。
你瞎說點啥唄。
你一瞎說，我就有精神了。
但別說狗戴了頂黃色假髮就成了獅子之類的。
暖暖在北京。

涼涼。

我找到工作了。

你猜月薪是多少個毛澤東？

說得明白點，我在北京工作了。

你說話那時可沒風。

暖暖在北京。

轉眼間離開北京也一年了。

暖暖，我說過如果妳在北京工作，我就去北京找妳。

我記得，不曾稍忘。

周星馳曾說：人如果沒有夢想，那跟鹹魚有什麼兩樣。

我之所以還沒變成鹹魚，是因為一直抱持著去北京找暖暖的夢想。

為了實現這個夢想，我得多存些錢、空出一段時間。

我已存了些錢；至於時間，人家都說時間像乳溝一樣，

擠一擠還是有的。

理論上夢想不難實現，但只要一想到暖暖也在工作，便卻步。

總不能我大老遠跑去北京，而暖暖正努力為生活奮鬥，沒閒情逸致。

萬一暖暖說了句：你來得不巧，正忙呢。

我恐怕會瞬間崩潰。

所以我還需要一股衝動，一股別想太多、去就對了的衝動。

平凡的日子終究還是會有不平凡的地方。

「公司想派你到蘇州一趟，在那邊的廠待三個多月。」主管說，

「大概11月底或12月初就可以回台灣。你沒問題吧？」

『沒問題。』我連想都沒想，『什麼時候去？』

「下個星期。」主管說。

『不是明天嗎？』我說。

主管有些驚訝，抬頭看了看我。

只要可以離暖暖近些，夢想就更近了，何況已橫越最難的台灣海峽。

我連續幾天下班後便整理行囊，要待三個多月，不能馬虎。

問了小曹和小何想要些什麼禮物？

「你拿相機到街上，拍些蘇州美女的相片回來給我。」小何說。

「身為你的室友，我真是不齒你這種行為。」小曹高聲斥責小何。

話說完小曹便低頭在紙上寫字，寫完後把紙遞給我，上面寫著：

「曹董，你真是英俊瀟灑、風度翩翩呀，真帥呀，我好崇拜你呀，

　我能不能唱首歌給你聽呀。（隨便一首歌）」

『這是幹嘛？』我指著那張紙。

「你沒聽過吳儂軟語嗎？」小曹說，「找個蘇州姑娘照紙上寫的

　唸一遍，再唱一首歌。你把聲音和歌錄下來，帶回來給我。」

「你太變態了！」小何大聲說。

然後小曹和小何又吵了起來。

我把紙撕掉，不想理他們。

回到房間，打開電腦，連上線。

暖暖。

芭樂去醫院看膽結石。

西瓜去醫院看內出血。

香蕉去醫院看脊椎側彎。

嘿嘿，這叫瞎說。

人在江湖飄，飄啊飄的。

就飄過台灣海峽了。

這叫明說。

涼涼明天在蘇州。

11.

『暖暖。』我提高語調。

「嗯？」

『暖暖。』我降低語調。

「說唄。」

『這是聲音高亢的暖暖和聲音低沉的暖暖。』

「說啥呀。」

『嘿嘿，暖暖。』

「你到底想說啥？」

『這是加了嘿嘿的暖暖。』

「北七。」暖暖說。

暖暖並不知道，只要能單純地開口叫著暖暖，就是一件幸福的事。

公司在蘇州有間廠，我這次和幾個工程師一道來蘇州。

大概是做些技術轉移的工作。

我們在上海下了飛機，蘇州那邊來了輛車，把我們接到蘇州。

廠方提供了宿舍，我們以後便住在這。

台灣來的工程師雖被戲稱為台幹，但他們總叫我們「老師」。

我知道在內地的用語上，稱人老師是表示一種尊敬。

但畢竟這輩子還沒被人叫過老師，因此聽起來總覺得不自在。

簡單卸下行李，舒緩一下四肢後，我立刻拿起手機。

我已經在蘇州了，這個理由足夠讓我打電話給暖暖。

『請問您認識北京第一大美女秦暖暖嗎？』電話一接通，我說。

「呀？」電話那頭似乎嚇了一跳，「我就是。請問您是哪位？」

我聽出來了，是暖暖的聲音沒錯。

『您聲音這麼好聽，又是北京第一大美女，這還有王法嗎？』

「涼涼？」暖暖的聲音有些遲疑。

『請叫我涼涼老師。』我說。

「涼涼！」暖暖很興奮，「真是你！」

我也很開心。

從沒想過只是簡單撥幾個鍵，便會得到這麼多快樂。

暖暖說昨晚收到 E-mail，原本想打電話給我，沒想到我先打了。
我告訴暖暖來蘇州的目的和停留時間，暖暖說蘇州很美，別忘了逛。
『妳來過蘇州？』我問。
「我是聽人說的。」
『又是聽說。』
「我耳朵好。」暖暖笑了。

分離一年多，我們都有很多話想說，但一時之間卻無法整理出順序。
只好說些飛機坐了多久、飛機餐裡有些什麼、空中小姐應該是嫁了人
生了好幾個小孩而且最大的小孩已經念高中之類言不及義的東西。
我們似乎只是純粹享受聽見對方聲音的喜悅，享受那種純粹，
然後覺得彼此都還活著是件值得慶祝的事。

不知道為什麼，跟暖暖說話的同時，腦海裡浮現天壇回音壁的影像。
大概是因為我們現在都是對著手機說話、從手機聽到回答，
跟那時對著牆壁說話、從牆壁聽到回答的感覺很像。
也想起那時把心裡流竄的聲音——我喜歡妳，輕聲告訴暖暖的勇氣。
雖然我知道暖暖一定沒聽見。

『暖暖。』我提高語調。
「嗯？」
『暖暖。』我降低語調。
「說唄。」

『這是聲音高亢的暖暖和聲音低沉的暖暖。』

「說啥呀。」

『嘿嘿，暖暖。』

「你到底想說啥？」

『這是加了嘿嘿的暖暖。』

「北七。」暖暖說。

暖暖並不知道，只要能單純地開口叫著暖暖，就是一件幸福的事。

這通電話講了半個多小時才結束。

掛上電話，我覺得嘴角有些酸。

大概是聽暖暖說話時，我不知不覺保持著嘴角上揚的表情。

打開行李箱，整理簡單的日常生活用品，看一些廠方準備的資料。

畢竟我不是來玩的，得把該做的事做好。

在蘇州的工作性質很單純，甚至可說比在台灣工作輕鬆。

除了人在異地、人生地不熟所造成的些微困擾外，我適應得很好。

倒是下班時間不知該如何排遣，才是最大的問題。

同事們偶爾相約去KTV，KTV裡多數是台灣流行歌曲，我很熟悉。

但我唱歌難聽，不好意思把自己的快樂建築在別人的痛苦之上。

所以下班後，我常一個人窩在宿舍。

遇到假日時，我會到蘇州市區走走。

曾聽人說過，蘇州是最像台北的都市。

台北我並不熟，不知道眼前的蘇州市容到底像不像台北？
大概是因為在蘇州的台灣人多，思鄉之情殷切，才會有這種感覺。
但有一點類似，蘇州的摩托車像台北一樣多而且也任性。
雖然嚴格說來，蘇州的摩托車多半其實是電動車。
記得我去年在北京時，街上可是一輛摩托車也沒。

經過繁華路段，耳畔響起〈聽海〉這首歌，但唱的人並不是張惠妹。
「聽兒……海哭的聲音兒……」
哭的應該是張惠妹吧。
整體來說，這真的是座會讓人聯想到台灣的城市。

我並不會因此起了想家的念頭。
不過有次在廠裡遇見一個福州人，他用福建話跟我交談。
除了腔調有些差異外，根本就是台灣話，我嚇了一大跳。
事實上應該是我大驚小怪，台灣話就是閩南話，當然跟福建話相似。
於是每當跟這位福州同事講起福建話，我才開始想念台灣的一切。
不過大多數的時間，我還是想起暖暖。

當我第一次想寫 E-mail 給暖暖時，一看鍵盤上並沒有注音符號，
我的心便涼了半截。
在台灣中文字通常是靠注音符號打出來的，但簡體字是靠漢語拼音。
偏偏台灣一直沿用通用拼音，漢語拼音我完全不懂。
才打了暖暖兩個字（嚴格來說，是一個字），我就已經滿頭大汗。

只好向蘇州同事求救，一字一字請他們教我怎麼拼。
100個中文字的E-mail，他們幫了我88個字。

本想乾脆用英文寫，雖然我的英文程度勉強可以表達事情，
但若要表達心情甚至是感情，味道可能會不對。
比方說「暖暖暖暖的問候溫暖了涼涼涼涼的心」這句，
翻成英文恐怕少了些意境。雖然這句話也幾乎沒什麼意境可言。
所以每當要寫E-mail給暖暖，我總是請教蘇州同事字的漢語拼音。
還好問的次數多了，漸漸摸出一些門道，自己嘗試拼音，
通常也拼得出來，只是要多試幾次。

我也常想打電話給暖暖，但還是認為得找到特別的理由才能打電話。
暖暖在工作了，或許很忙，我不希望我的心血來潮打擾了她。
即使我知道再怎麼忙碌的暖暖也一定不會認為我的電話會打擾她。
但今天我又有足夠特別的理由打電話給暖暖。
突然想起我的手機是台灣門號，用來打暖暖的手機電話費會很貴。
如果像上次一樣一聊就半個鐘頭，每天來一通我就會破產。
我到街上買了張電話卡，直接在街邊打公用電話，電話費就省多了。

『生日快樂！』暖暖一接起電話，我立刻說。
「涼涼？」暖暖說，「今天不是我生日呀。」
『不是嗎？』我說。
「當然不是。你咋覺得我今天生日？」

『我也不知道為什麼。只是覺得，如果妳過生日卻沒人跟妳說生日
　快樂，妳會很可憐的。』

「涼涼。」
『嗯？』
「生日快樂。」暖暖說。
『妳怎麼知道我今天生日？』我很驚訝。
「就你那點心眼，我還會猜不出？」暖暖笑得很開心。

我跟暖暖說，既然是我生日，可不可以把電話卡講完？
暖暖笑著說好。
在電話發出刺耳的一聲嗶提醒你只剩最後幾秒時，暖暖大聲說：
「涼涼！生日快樂！」
我還沒回話，電話便自動斷了。

那時是秋末，深夜的蘇州街頭有些涼意。
暖暖的一句生日快樂，讓我打從心底覺得溫暖。
「暖暖暖暖的問候溫暖了涼涼涼涼的心」這句，如果有意境，
就在這了。
我把那張用完的電話卡收好，當成是暖暖送我的生日禮物。

轉眼間來到蘇州快三個月了，再兩個禮拜左右便要離開。

暖暖老是提到「江南園林甲天下，蘇州園林甲江南」，
催我一定得去看看，不看會後悔、後悔了還是得去。
找了個假日，跟另外幾個台灣工程師一道去蘇州古城區逛逛。

蘇州建城已有千年歷史，建城之初水陸並行、河街相鄰，現在依然。
難得的是古城區至今仍座落於原址。
古城內五步遇小古，十步賞大古，偶爾還會遇見歷史上名人的故居。
這裡與滿是新建築的蘇州市區大異其趣，也使得蘇州新舊雜陳。
走在蘇州古城區如果還能讓你聯想到台北，那你應該去寫科幻小說。

拙政園位於古城區東北，是蘇州四大園林中最著名的。
園內以水為主，池邊楊柳隨風搖曳，迴廊起伏、亭閣臨水而築；
石橋像雨過天晴後橫跨大地的一道絢麗彩虹。
全園景色自然，保持明代園林渾厚質樸的風格，
具濃厚的江南水鄉風光。

從一踏入古城區開始，街景和園林景觀都讓我有種似曾相識的感覺。
後來猛然驚覺，不就是頤和園的蘇州街嗎？
蘇州街原本即是仿蘇州街景而造，即使規模和景觀皆不如蘇州園林，
但仍然有些許蘇州園林的神韻。

我想起和暖暖沿蘇州街漫步的情景；

也想起和暖暖坐在茶館二樓，俯視小橋曲水，而蘇州河水緩緩流動；
最後想起蘇州街算字的老先生。
在台灣時，通常是讓相片或腦中殘留影像，勾起對暖暖的思念；
而眼前是具體景物，不是平面而是立體，我甚至感覺暖暖正在身旁。
我發覺思念暖暖的心，遠比我所想像的熾熱。

我起了到北京找暖暖的念頭。
但回台灣的機票已訂，回去後也還有很多工作正等著我。
如果不從蘇州向南回台灣，反而往北到北京，會不會太任性？
而且萬一暖暖這陣子正忙得焦頭爛額，豈不讓她為難？
我反覆思量，拿不定主意。

終於到了離開蘇州的前夕，廠方為了慰勞我們這幾個台灣工程師，
特地派了輛車，載我們到杭州西湖遊覽，隔天再上飛機。
第一眼看見西湖時，便覺驚豔，深深被她的美吸引。
沒隔多久，我竟聯想起北大未名湖、頤和園昆明湖，甚至是什剎海。
我明明知道這些湖的美跟西湖的美是完全不一樣的，
但我還是不自覺想起跟暖暖在未名湖、昆明湖、什剎海旁的情景。

上了人力三輪車，準備環西湖而行。
車伕才踩了幾圈，我又想起跟暖暖坐三輪車逛胡同的往事。
即使西湖十景是如此嬌媚，仍然無法讓我分心。
正確地說，我已分心在暖暖身上，無法靜下心欣賞美景。

真可謂：眼前美景看不得，暖暖始終在心頭。
連坐我身旁的台灣工程師，我都差點把他當成暖暖。

從西湖回到宿舍，整理好所有行李，上床後我竟然失眠了。
在台灣即使我也很想念暖暖，但從不曾因而失眠；
沒想到在離開北京快一年半時，我竟然人在蘇州因暖暖而失眠。

思念有生命，因為它會長大；
記憶無生命，因為它不會變老。
就像我對暖暖的思念與日俱增；而跟暖暖在一起時的記憶，
即使日子再久，依然鮮明如昨日。

我要去北京找暖暖。

12.

拖著行李箱緩緩前進，右手不自覺顫抖，行李箱有些左右搖晃。

暖暖不知道變成什麼樣？還是擁有跟以前一樣的笑容嗎？

很想激動的四處張望尋找暖暖，但那不是夕陽武士的風格。

我只能假裝鎮定，利用眼角餘光掃射所有等候接機的人群面孔。

然後我看到了暖暖。

感覺血液已沸騰，心臟也快從嘴裡跳出來了。

只剩幾步路而已，我得沉著、我得冷靜、我得堅強。

我不能拋下行李箱，

一面呼喊暖暖一面張開雙臂向她飛奔，

因為我是夕陽武士。

蘇州到北京約1379公里，晚上8點有班直達特快的火車，

隔天早上7點20分到北京，要坐11個小時又20分鐘。

太久了。

我決定先跟同事搭廠裡的車從蘇州到上海，再從上海飛北京。

機票貴了點，但時間快多了。

反正錢再賺就有，時間可是一去不回頭。

我退了上海飛香港再飛台灣的機票，改訂上海飛北京的機票。

有個蘇州同事對北京很熟，我請他幫我在北京的飯店訂個房間。

同行的台灣工程師很訝異我不跟他們回台灣，問我發生什麼事？

我把自己想像成面對大海的夕陽武士，深沉地說：『為愛走天涯。』

就差眼前沒大海了。

我拜託他們回台灣後先幫我請幾天假，然後他們飛台灣、我飛北京。

我打了通電話給徐馳，他一聽我要到北京，便說要來機場接我。

『這樣多不好意思。』我說。

「少來。」徐馳說，「你打電話給我，不就是希望我去接你嗎？」

『嘿嘿。』我笑了笑。

然後我再打電話給暖暖。

『暖暖。』我說，『我離開蘇州了，現在人在上海機場。』

「是嗎？」暖暖說，「那祝你一路順風。」

『暖暖。』我試著讓自己的心跳和語調平穩，『這幾天忙嗎？』

「挺忙的。」暖暖說。

『喔。那妳大概每天都抽不出一點時間吧。』

「是呀。我恨不得多生雙手呢。」

『萬一這時候剛好有個老朋友想見妳一面，妳一定很為難。』

「這沒法子。只好跟他說：不巧，正忙呢。」

我的心瞬間墜落谷底，心摔得好痛，我說不出話來。

「快告訴我坐幾點的飛機唄。」暖暖說。

『那已經沒意義了。』我說。

「說啥呀，你不說我咋去接你？」

『啊？』我愣了愣，『這……』

「瞧你傻的，我當然去機場接你。」

『妳知道我要到北京？』

「就你那點心眼，還想矇我？」暖暖笑了。

「剛剛是逗你玩的。」暖暖的笑聲還沒停止。

『妳這人賊壞。』

「你才壞呢。要來北京也不早說。」

心臟又重新跳動，我下意識拍了拍胸口。

我告訴暖暖坐幾點的飛機、幾點到北京，暖暖邊聽邊笑，很開心。

我也很開心，一下飛機就可以看見暖暖，比預期的幸福多了。

『暖暖。』我說，『我要去北京找妳了。』

「嗯。我等你。」暖暖說。

拿著登機證，背上背袋，我要直奔暖暖身旁。
等候登機時，突然想起得跟徐馳說不用來接我了，匆忙拿出手機。
我告訴徐馳，暖暖要來接我，不麻煩他了。
「我了解。」徐馳笑得很曖昧，「嘿嘿。」
『我要登機了。』我說。
「甭管多晚，記得給我打電話。」徐馳說。
關掉手機，我登上飛機。

想閉上眼休息，但情緒亢奮很難平靜。
時間緩緩流逝，飛機持續向北離台灣越來越遠，但離暖暖越來越近。
我的心跳與飛機距北京的距離成反比。
低沉的轟隆一聲，飛機降落了，緩緩在跑道滑行，心跳達到極限。
夕陽武士拿起劍，不，拿起背袋，呼出一口長長的氣，緩和心跳。

拖著行李箱緩緩前進，右手不自覺顫抖，行李箱有些左右搖晃。
暖暖不知道變成什麼樣？還是擁有跟以前一樣的笑容嗎？
很想激動的四處張望尋找暖暖，但那不是夕陽武士的風格。
我只能假裝鎮定，利用眼角餘光掃射所有等候接機的人群面孔。
然後我看到了暖暖。

感覺血液已沸騰，心臟也快從嘴裡跳出來了。
只剩幾步路而已，我得沉著、我得冷靜、我得堅強。
我不能拋下行李箱，一面呼喊暖暖一面張開雙臂向她飛奔，
因為我是夕陽武士。

暖暖臉上掛著淺淺的笑，雙手拿了張白紙板舉在胸前晃啊晃的，
上頭寫了兩個斗大的黑字：涼涼。
暖暖的頭髮也許長了些，但她的笑容跟相片或我記憶中的影像，
幾乎一模一樣。
我甚至懷疑即使她的眉毛多長一根，我也能分辨出來。

我維持既定的步伐，沉穩地走到暖暖面前，停下腳步。
暖暖停止晃動手上的紙板。
「嘿，涼涼。」暖暖說。
『嗨，暖暖。』我說。
「走唄。」暖暖說。

我和暖暖並肩走著，雙腿因興奮而有些僵硬。
『幹嘛拿這牌子？』我問。
「怕你認不得我。」
『妳化成灰我都認得。』
「這句不是這樣用的。」暖暖笑了。
『在台灣就這麼用。』我說。

「你也沒變。你剛出來，我就認得了。」暖暖說。

『我還是一樣瀟灑嗎？』我說。

「記下來。」暖暖撲哧一笑，「這是你到北京講的第一個笑話。」

『這牌子好酷。』我指了指她手中的紙板。

「是呀。」她笑了笑，「好多人瞧著我呢。」

『那是因為妳漂亮。』

「這是你到北京講的第一句實話。」暖暖又笑了，「記下來。」

　

一跨出機場大門，冷風一吹，我冷不防打了個噴嚏。

中文字真有意思，因為冷才會冷不防，所以不會叫熱不防。

「你穿這樣有些單薄。」暖暖說。

『蘇州不會太冷，而且秋末冬初就回台灣，便沒帶厚外套到蘇州。』

「北京冷多了。現在才二度。」

『是梅開二度的二度嗎？』

「是。」

『真巧。』我說，『我這次到北京，也算梅開二度。』

「涼涼。」

『我知道。這是我到北京講的第一句渾話，我會記下來。』

　

走進停車場，暖暖先往左走了十幾步，停下來，再回頭往右走。

但走了幾步後，又停下來，然後四處張望。

『怎麼了？』我問。

「我忘了車停哪了。」暖暖說。

『啊？』我很驚訝，『忘了？』。

「也不能說全忘，」暖暖右手在空中畫了一圈，「大約在這區。」

暖暖的心胸很大，她所謂的「這區」，起碼兩百輛車。

『是什麼車型？車號多少？』我說，『我幫妳找。』

「就四個輪子那種。」暖暖說。

『喂。』

「是單位的車，不是我的。」她說，「車型不知道、車號我沒記。」

『那妳知道什麼？』

「是白色的車。」

我看了看四周，白色車的比例雖然不高，但也有不少輛啊。

『這……』

「唉呀，我才不是犯迷糊，只是出門晚了，路上又堵車，我急呀，我
　　怕你下了飛機見不著我，你會慌呀。我停好了車，立馬衝進機場，
　　只想早點看到你，哪還有心思記著車放哪。」

暖暖劈里啪啦說完，語氣有些急，音調有些高。

從下飛機見到暖暖開始，總覺得這一切像是夢境，不太真實。

直到此刻，我才感受到暖暖的真實存在。

暖暖還是一樣沒方向感，還是一樣總讓人覺得心頭暖暖的。

從台灣到蘇州、蘇州到北京，穿越了三千公里，我終於又看到暖暖。

這不是作夢。

『嘿嘿。』我笑了笑。

「你笑啥？」暖暖似乎有些臉紅。

『我們一起找吧。』我說，『如果找不到，就一輩子待在這。』

「別瞎說。」

我和暖暖一輛一輛找，20分鐘後，她才從車窗貼的識別證認出車。

但這輛白色車的位置，並不在暖暖剛剛用手畫的「這區」。

「我上個月才剛拿到駕照，拿你來試試，行不？」一上車，暖暖說。

『這是我的榮幸。』我說。

離開首都機場，車子開上機場高速，兩旁樺樹的樹葉幾乎都已掉光。

但樹幹潔白挺立，枝條柔軟，迎風搖曳時姿態柔媚，像含羞的美人。

「你住哪個飯店？」暖暖問。

『我忘了。』我說。

「忘了？」暖暖很驚訝。

『唉呀，我才不是犯迷糊，只是突然決定不回台灣，急著要來北京
　找妳，但下了飛機妳找不到車，我又擔心妳會慌啊，哪還有心思
　記著住哪。』

暖暖笑個不停，好不容易止住笑，說：「涼涼。」

『是。』

「你住哪個飯店？」

『王府井的台灣飯店。』我說。

「那地方我知道。」

『真的知道？』

「別小看我。」暖暖說。

『找不到也沒關係，頂多我就睡車上。』

「不會走丟的。」暖暖笑了笑。

天漸漸黑了，天空開始下起雨，不算大也不算小。

外頭應該很冷，但車內有暖氣而且還有暖暖，暖和得很。

我和暖暖在車上閒聊，扯東扯西、天南地北，東西南北都說了。

天完全黑了，在燈光照射下，我清楚看見雨的線條。

可能是錯覺，我發覺雨在高空較細，接近地面時變粗，速度也變慢。

「二環路又堵車了。」暖暖說。

『反正我們已經見面了。』我說，『堵到天荒地老也沒關係。』

車子完全停下來了，暖暖轉頭朝著我苦笑。然後問：

「如果你想到車輪碾著的，是元大都的古城牆，會有啥感覺？」

我一時說不上來，有句成語叫滄海桑田，好像勉強可以形容。

車子終於下了二環路，很快便抵達台灣飯店。

雨停了，車窗上被雨刷掃過的邊緣有些閃亮，我好奇便靠近細看。

那似乎是凝結的小冰珠，用手指輕輕刮起一塊，確實是碎冰沒錯。

難道剛剛天空中下的，不完全是雨？

「待會興許會下雪。」暖暖說。

『妳是說寒冷的冬天時，下的那種東西？』

「是呀。」

『從天空飄落的，白白的那種東西？』

「是呀。」

『可以堆雪人、丟雪球的那種東西？』

「是呀。」

『那是雪耶！』我幾乎失聲大叫。

暖暖不想理我，手指比了比飯店門口。

我拖著行李箱、背著背袋，在飯店櫃台辦完 check in 手續。

暖暖想看看房間長啥樣，便陪著我坐上電梯。

「這房間還可以。」暖暖進房後，四處看了看後，說。

『哇。』我說，『這裡雖然是三星級飯店，卻提供五星級水果。』

「啥五星級水果？」暖暖很疑惑。

『楊桃。』我說。

「呀？」

我拿起水果刀，切出一片楊桃，指著桌上的「☆」，說：

『這不就是星星嗎？』

暖暖又好氣又好笑，說：「那也才一顆星。」

我咻咻咻咻又四刀，說：「這樣就五顆星了，所以是五星級水果。」

「你是要繼續瞎說？」暖暖說，「還是下樓吃飯？」

台灣飯店在王府井街口附近，直走王府井大街再右轉就到天安門。

我和暖暖走在王府井大街，天更冷了，我不禁縮著脖子。

「我明天帶條圍巾給你。」暖暖說。

然後暖暖帶我走進東來順涮羊肉，說：「這種天吃涮羊肉最好了。」

店內滿滿的人，我們在一小角落坐下，隔壁桌坐了一對外國老夫婦。

炭火鍋的湯頭很清淡，淺淺一層水裡藏了些許白菜。

我們點了牛肉和羊肉，還有兩個燒餅、兩瓶酸棗汁，沒點菜。

暖暖說咱們就專心涮著肉吃。

羊肉切得又薄又軟，涮了幾下就熟，入口即化。

特製的佐料讓羊肉滋味更香甜，不自覺吃了又涮、涮了又吃。

若覺得嘴裡有些膩，喝口酸棗汁後，又會重新充滿戰鬥力。

暖暖問我，她有沒有什麼地方變了？

我說除了變得更漂亮外，其餘的都沒變。

暖暖說我瞎說的毛病沒改，倒是走路的樣子似乎更沉穩了。

『那是因為冷。』我笑了笑，『腳凍僵了。』

隔壁桌外國老夫婦笨拙地拿著筷子涮羊肉，我和暖暖偷偷地笑。

老先生突然拿起燒餅，似乎也想放進鍋裡涮。

「No！」我和暖暖異口同聲。

老先生嚇了一跳，拿著燒餅的右手僵在半空。

『妳英文行嗎？』我問暖暖。

「嘿嘿。」暖暖笑了笑。

『那就是不行的意思。』

我說完迅速起身，走到隔壁桌。

『Don't think too much，just eat it。』我說。

老先生愣了愣，收回右手，再試探性的把燒餅拿到嘴邊。

『Very Good。』我說。

老先生咬了燒餅一口，臉上露出微笑，用蹩腳的中文說：「謝謝。」

『Nothing。』我微微一笑，點點頭。

我回座後，暖暖問：「你剛說啥？」

『別想太多，吃就對了。』我回答。

「那最後的Nothing是？」

『他既然說謝謝，我當然說沒事。』

「你碰到老外竟也瞎說？」暖暖睜大眼睛。

『他聽得懂，不是嗎？』我說。

暖暖看著我一會，忍不住笑了起來。

我也笑了，沒想到瞎說一番，老外也聽得懂。

這頓飯吃得又暖又飽，我和暖暖的臉上盡是滿足的笑。

付帳時，暖暖作勢掏錢，我急忙制止。

「涼涼。」暖暖說，「別跟我爭。」

『妳知道嗎？』我說，『台灣有個傳統，如果第一次和女生單獨吃飯
　　卻讓女生付錢，男生會倒楣三個月。』

「又瞎說。」

『妳可以不相信啊，反正倒楣的人是我。』

「你說真格的嗎？」暖暖停止掏錢。

『我先付完再說。』

我付完帳，才走了兩步，暖暖又問：「台灣那傳統，是真格的嗎？」

我笑了笑，剛推開店門，然後想回答這個問題時，卻說不出話來。

因為外面原本黑色的世界突然變白了。

樹上、地上都積了一些白，而天空中正飄落白白的東西。

『莫非……』我口齒不清，『難道……』

「下雪了。」暖暖說。

難怪人家都說雪花雪花，雪真的像一朵朵小花一樣，慢慢飄落下來。

我在毫無預警的情況下，見到人生第一場雪。

『暖暖。』我還是不敢置信，問：『真的是雪嗎？』

「嗯。」暖暖點點頭。

『這就叫下雪嗎？』我的聲音顫抖著。

「涼涼。」暖暖笑了笑，「下雪了。」

我無法克制自己，拔腿衝進雪地，雙手大開手心朝上，仰頭向天。
臉上和手心細細冰涼的觸感告訴我，這真的是雪。
『哇！』
我大叫一聲，然後稀里嘩啦一陣亂笑，快瘋了。
『暖暖。』我說，『下雪了耶！』
「別凍著了！」暖暖說。

『今天我見到了暖暖，又第一次看到雪，好比被告知得了諾貝爾獎，
　然後下樓買彩券，結果竟然中了第一特獎。暖暖，我這個人比較愛
　虛名、比較不愛金錢，所以暖暖，妳是諾貝爾獎。』
我有些語無倫次，但還是拚命說著話。
「涼涼。」暖暖只是微笑，「別凍著了。」

這一年半來，我抱持著總有一天會再見到暖暖的希望，努力生活著。
我努力保持自己的純粹，也努力思念著暖暖，我真的很努力。
天可憐見，今天終於又讓我見到暖暖。
在漫天飛雪裡，我再也無法維持夕陽武士的矜持。

我突然眼角濕潤，分不出是雪還是淚。

13.

「涼涼。」

『嗯？』

「你不是在作夢，我還活著，而且就在你身旁。」暖暖說，
「不信你伸出手摸摸。」

我右手向右伸出，手臂在黑暗中緩緩摸索，終於碰觸暖暖的手心。

暖暖輕輕握住我的手。

「是溫的嗎？」暖暖問。

『嗯。』

手背傳來些微刺痛，我猜是她用指甲掐了一下我的手背。

「會痛嗎？」暖暖問。

『嗯。』

「所以你不是在作夢，我還活著，而且就在你身旁。」

暖暖又說了一次。

我有些漂動的心，緩緩安定，像進了港下了錨的船。

我在雪地站了許久，暖暖才催促我，說：「快回飯店，會凍著的。」
回程的路上，雪持續下著，街景染上白，樹也白了頭。
我想嚐嚐雪的味道，便仰起頭張開嘴巴，伸出舌頭。
「唉呀，別丟人了。」暖暖笑著說：「像條狗似的。」

『我記得去年一起逛小吃一條街時，妳也這麼說過我。』我說。
「是呀。」暖暖說，「你一點也沒變。」
『不，我變了。』我說，『從小狗長成大狗了。』
暖暖簡單笑了笑，沒多說什麼。

暖暖還得把車開回單位去，然後再回家。
「明天中午，我來找你吃飯。」暖暖一上車便說。
『所以是明天見？』我說，『而不是再見？』
「當然是明天見。」暖暖笑了笑，便開車走了。
簡單一句明天見，讓我從車子起動笑到車子消失於視線。

我進了飯店房間，打開落地窗，搬了張椅子到小陽台。
泡了杯熱茶，靠躺在椅子上，欣賞雪景。
之前從沒見過雪，也不知道這樣的雪是大還是小？
突然有股吟詩的衝動，不禁開口吟出：『雪落……』
只吟了兩字便停，因為接不下去。四下一看，還好沒人。
我果然不是詩人的材料，遇見難得的美景也無法成詩。

想起該給徐馳打個電話，便撥了通電話給徐馳。

徐馳說20分鐘到，在飯店大堂等我，見了面再說。

20分鐘後我下了樓，一出電梯便看見徐馳坐在大堂的沙發椅上。

「老蔡！」徐馳站起身，張開雙臂，「來，抱一個。」

唉，如果這句話由暖暖口中說出，那該有多好。

跟徐馳來個熱情的擁抱後，他說：「晚來天欲雪，能飲一杯無？」

『一杯可以。』我笑了笑，『兩杯就醉了。』

徐馳在飯店門口叫輛計程車，我們直奔什剎海的荷花市場。

我和暖暖去年夏日午後曾在湖畔漫步，但現在是雪夜。

片片雪花緩緩灑在什剎海上，沒有半點聲響，也不留下絲毫痕跡。

想起昨天在杭州西湖遊覽時，總聽人說：

晴西湖不如雨西湖；雨西湖不如夜西湖；夜西湖不如雪西湖。

那麼雪夜的西湖一定最美吧？

而什剎海是否也是如此？

荷花市場古色古香的牌坊，孤傲地立在繽紛的霓虹燈之間；

充滿異國情調的酒吧，在滿是古老中國風的湖畔開業，人聲鼎沸。

客人多半是老外，來此體驗中國風味，又可享受時髦的夜生活。

北京這千歲老頭，筋骨是否受得了這折騰？

徐馳一坐下來，便滔滔不絕講起自身的事。

我們一邊喝酒，一邊聊起過去、現在，以及將來。

我發覺徐馳的衣著和口吻都變成熟了，人看起來也變得老成。

「差點忘了。」徐馳說，「高亮今天到武漢出差去了，臨走前交代我
　跟你說聲抱歉，只得下回再帶你爬司馬台長城了。」

說完便從包裡拿出三張照片放在桌上，然後說：「高亮給你的。」

這三張照片其實是同一張，只是有大、中、小三種尺寸。

大的幾乎有海報大小；中的約十吋寬；小的只約半個巴掌大。

都是暖暖在八達嶺長城北七樓所留下的影像。

暖暖筆直站著，雙手各比個Ｖ，臉上盡是燦爛的笑。

「高亮說大的貼牆上，中的擺桌上，小的放皮夾裡。」徐馳笑了笑。

高亮的相機和技術都很好，暖暖的神韻躍然紙上。

我滿是驚喜並充滿感激。

「來。」徐馳說，「咱們哥倆為高亮喝一杯。」

『一杯哪夠？』我說，『起碼得三杯。』

「行！」徐馳拍拍胸口，「就三杯！」

我立刻將小張照片收進皮夾，再小心翼翼捲好大張照片，輕輕綁好。

中的則先放我座位旁，陪我坐著。

又跟徐馳喝了一會後，我發覺他已滿臉通紅、眼神迷濛，大概醉了。

想起他明天還得上班，便問：「馳哥，你家住哪？」

「我家住在黃土高坡，大風從坡上颳過，不管是西北風還是東南風，

　　都是我的歌我的歌……」
徐馳高聲唱著歌。

我心想徐馳應該醉翻了，又試一次：『你在北京住哪？』
「我家住在黃土高坡，日頭從坡上走過，照著我窯洞曬著我的胳膊，
　還有我的牛跟著我……」
徐馳還是高聲唱著歌。

我扶起徐馳，叫了輛計程車送我們回台灣飯店。
徐馳早就睡得不省人事，只得將他拖進我房間，扔在床上。
簡單洗個熱水澡，洗完走出浴室時，徐馳已鼾聲大作。
看了看錶，已快凌晨一點，搖了搖徐馳，一點反應也沒。
反正是張雙人床，今晚就跟徐馳一起睡吧。

打了通電話給飯店櫃台，請他們早上六點半 morning call。
在台灣時，聽人說大陸把 morning call 翻成叫床，很有趣。
記得去年教漢字的老師說過，漢字順著唸也行、倒著唸也可以。
大陸是順著唸，所以叫床的意思是「叫你起床」；
但台灣是倒著唸，叫床的意思就變成「在床上叫」。

昨天在杭州西湖邊，晚上回蘇州，今早應該從蘇州到上海再回台灣；
沒想到因為一念之差，現在卻躺在北京的飯店床上。

回想這段時間內的奔波與心情轉折，疲憊感蔓延全身，便沉沉睡去。

六點半 morning call 的電話聲同時吵醒我和徐馳。

他一看見我，先是大驚，隨即想起昨夜的事，便哈哈大笑。

他簡單漱洗後，便急著上班。

「還是那句老話。」徐馳說，「以後到北京，一定得通知我。」

說完又跟我來個熱情的擁抱。

徐馳打開門，又回頭說：「老蔡，加油。」

我知道徐馳話裡的意思，便點點頭表示收到。

徐馳走後，我又繼續睡。

作了個奇怪的夢，夢裡出現一個山頭，清軍的大砲正往山下猛轟；

砲台左右兩旁各趴著一列民兵，拿著槍瞄準射擊。

而山下有十幾隊法軍正往山上進攻。

我和暖暖在山頭漫步，經過清軍砲台，我說：『這裡就是暖暖。』

「你終究還是帶我來暖暖了。」暖暖笑得很燦爛。

砲聲隆隆中，隱約傳來尖銳的鈴聲。

好像是拍戰爭片的現場突然響起手機鈴聲，導演氣得大叫：「卡！」

我被這鈴聲吵醒，花了幾秒鐘才意識到應該是門鈴聲。

我迷迷糊糊走到門邊，打開房門。

「還在睡？」暖暖說，「都快中午了。」

我全身的細胞瞬間清醒，法軍也被打跑了。

『啊？』我嘴巴張得好大，『這……』

「你是讓我站在這兒？」暖暖笑了笑，「還是在樓下大堂等你？」

我趕緊把門拉開，暖暖進來後直接坐在沙發上。

我開始後悔，現在正是兵荒馬亂，暖暖會看笑話的。

「慢慢來。」暖暖說，「別急。」

我臉一紅，趕緊衝進浴室，三分鐘內把該做的事搞定。

昨晚因為怕徐馳獸性大發，所以穿了襯衫和長褲睡覺。

沒被暖暖瞧見胸部肌肉和腿部線條，真是好險。

『走吧。』我說。

「你就穿這樣出門？」暖暖說，「外頭可是零度。」

在室內暖氣房待久了，一時忘了現在是北京的冬天。

趕緊套了件毛衣，拿起外套，暖暖這才起身。

進了電梯，湊巧遇見昨晚在東來順的外國老夫婦。

老先生跟我們打聲招呼後，問：「honeymoon？」

『just lover。』我說。

「friend！」暖暖急著否認，「We are just friends！」

老夫婦笑了，我也笑了，只有暖暖跺著腳。

一出電梯，暖暖遞過來一樣東西，說：「給。」

我接過來，發現是條深灰色的圍巾。

「外頭冷。」暖暖說，「待會出去先圍上。」

圍上圍巾走出飯店，突然想起今天還是上班的日子。

『暖暖。』我說，『如果妳忙，我可以理解的。』

暖暖停下腳步，轉頭看著我說：「難道你現在放假嗎？」

我愣了愣，沒有答話。

「走唄。」暖暖笑了笑。

跟暖暖並肩走了幾步，心裡還是擔心會誤了暖暖上班的事。

「涼涼。」她又停下腳步，「當心情不好時，就希望有個巨大濾網，
　將自己身上煩惱憂愁等等負面情緒徹底給濾掉，只剩純粹的我。」

說完後暖暖便用手在面前先畫了個大方框，再畫許多條交叉的線。

「這麼大的網，夠兩個人用了。」暖暖說，「咱們一起跳。」

我點點頭，暖暖數一、二、三，我們便一起縱身飛越暖暖畫下的網。

暖暖笑得很開心，我也笑了。

上了暖暖的車，還是那輛單位的白色車。

雪雖然停了，但街景像伍子胥過昭關——一夜之間白了頭。

仿古建築的屋瓦上積了厚厚的雪，樹枝上、地上也是，到處都是。

北京變得好潔白，充滿清新和寧靜的美。

但路上行人匆匆，沒人停下腳步讚嘆。

『暖暖。』我終於忍不住了，『可以停下車嗎？』

暖暖靠邊剛停下車，我立刻打開車門，跑進一塊空曠的雪地。

我蹲下身雙手各抓了一把雪，感覺肩膀有些顫抖。

「咋了？」暖暖在我身後問。

我轉過身，向她攤開雙手，笑了笑說：『是雪耶！』

暖暖露出無奈的表情。

我開始在雪地裡翻滾，越滾越開心。

「別丟人了，快起來！」暖暖說。

我停止滾動，躺了下來，雪地柔柔軟軟的，好舒服。

「把你扔這兒不管你了！」暖暖又說。

我雙手又各抓一把雪，走到暖暖面前，攤開手說：『是雪耶！』

暖暖不知道是該生氣還是該笑，只說了聲：「喂。」

『讓我在雪地裡游個泳吧。』我說完便趴下身。

「會凍著的！」暖暖很緊張，伸手想拉我時腳下一滑，摔坐在雪地。

『妳也想玩了嗎？』我捏了個小雪球，往暖暖身上一丟，雪花四濺。

暖暖試著站起身，但又滑了一跤，臉上一紅，說：「快拉我起來。」

『先等等。』我說，『我要在雪地上寫個"爽"字。』

「涼涼！」

我伸出右手拉起暖暖，暖暖起身拍了拍身上的雪，順便瞪我一眼後，

突然蹲下身捏個雪球然後往我身上丟。

「還來嗎？」暖暖說。

『妳是女生，我再讓妳五顆雪球。』我說。

「好。」暖暖又蹲下身，一捏好雪球便用力朝我身上砸。

砰砰砰砰連四聲，我維持站立的姿勢，像個微笑的雕像。

暖暖停止捏雪球，拍掉手上的雪，理了理頭髮和衣服。

『怎麼停了？』我問。

「因為你讓我五顆。」暖暖笑著說，「所以我就只丟四顆。」

『啊？』我張大嘴巴。

暖暖笑得很開心，走過來幫我拍掉衣服上和頭髮上的雪。

「如果被別人瞧見，還以為咱們倆瘋了。」暖暖說。

『對我來說，看見雪不瘋一瘋，那才叫真瘋。』

「呀？」

『妳一定不懂像我這種長在熱帶地方的人，看見雪的心情。』

「現在理解了。」暖暖笑了笑。

我又坐了下來，暖暖不再阻止我，我索性躺在柔軟的雪地上。

「去年你說大約在冬季，是因為想來看雪嗎？」暖暖問。

『不。』我說，『那是因為大的約會要在冬季。』

「啥？」

『就是大約在冬季的意思。』

她愣了愣，隨即醒悟，說：「所以小約在夏季、中約在秋季囉？」

『我很欣慰。』我笑了笑，『妳終於跟得上我的幽默感了。』

「瞎說。」暖暖輕輕哼了一聲。

我凝視一會天空，轉頭瞥見站著的暖暖正看著我。

「別躺了，會凍著的。」暖暖催促著，「快起來。」

『不躺在地上，怎能看見北京清澈的天？』我說。

「唷，狗嘴吐出象牙來了。」暖暖笑了。

『嘿嘿。』我笑了笑。

『差點忘了一件重要的事。』我迅速起身，在地上撿了根樹枝。

「忘了啥？」暖暖問。

我用樹枝在雪地寫了一個「爽」字。

「喂。」暖暖瞪我一眼。

我意猶未盡，又在雪地寫下：涼涼，寫完後將樹枝遞給暖暖。

暖暖看了我一眼，笑了笑，便在涼涼旁邊寫下：暖暖。

「你也來拿著。」暖暖說，「咱們一起閉著眼睛，寫下四個字。」

我和暖暖的右手抓著那根樹枝，閉上眼，一筆一劃在雪地寫字。

有時感覺是她帶著我，有時彷彿是我帶著她，但筆劃沒有因而中斷。

寫完後睜眼一看，雪地出現明顯的四個字：都在北京。

『還好這四個字沒有簡繁之分，都一樣。』我說。

「是呀。」暖暖說。

『原先我以為妳想寫天長地久呢。』

「你想得美。」暖暖瞪了我一眼。

『難道是生生世世？』

「涼涼。」

『是。』我說，『我閉嘴。』

我又躺了下來，暖暖也靜靜坐我身旁。

『暖暖。』我說，『見到妳真好。』

暖暖笑了笑，沒說什麼。

『如果我一直重複這句話，請妳要原諒我。』

「行。」暖暖說，「我會原諒你。」

「餓了嗎？」暖暖說。

『嗯。』我說。

「吃午飯唄。」暖暖說。

我正準備起身，突然臉上一涼，原來暖暖抓了一把雪丟在我臉上。

呸呸吐出口中的雪，擦了擦眼鏡，站起身，暖暖已回到車上。

上了車，暖暖還咯咯笑個不停。

我說我的臉凍僵了，暖暖說這樣挺好，省得我繼續瞎說。

沒多久便下了車，走了幾步，看到「全聚德」的招牌。

想起去年逛完大柵欄在街口等車時，她說下次我來北京要請我吃。

『暖暖。』我說，『妳竟然還記得。』

「那當然。」暖暖揚了揚眉毛。

在全聚德當然要吃烤鴨，難不成要點炸雞嗎？

除了烤鴨外，我們也點了一些特色鴨菜，為避免油膩也點了些青菜。

上烤鴨時，師父還特地到桌旁片鴨肉，挺過癮的。

暖暖見我胃口好，說全聚德是掛爐烤鴨，

另外還有便宜坊的燜爐烤鴨，有機會也可以去嚐嚐不同的風味。

這頓飯和昨晚一樣，我又吃了十分飽。

藉口要去洗手間，我偷偷把帳付了。

「涼涼。」暖暖的語氣有些埋怨，「你咋又搶著付錢了？」

『暖暖。』我說，『台灣有個傳統，如果第二次和女生單獨吃飯卻讓
　女生付錢，男生會倒楣兩個月。』

暖暖愣了愣，隨即笑著說：「原來你昨晚還是瞎說。」

走出全聚德，大柵欄就在斜對面。

「去走走唄。」暖暖開口。

『嗯。』我點點頭。

大柵欄並沒改變多少，倒是多了些販賣廉價服飾的商店。

去年我和暖暖在這裡曾有的純粹還在，這讓我們似乎都鬆了口氣。

來回各走了一趟後，我們又坐在同仁堂前休息。

暖暖的手機響起，我起身走到十步外，她講電話時不時抬頭看著我。

掛上電話後，我發覺暖暖皺了皺眉。

『怎麼了？』我走回暖暖身旁。

「領導叫我去訪幾個人。」暖暖語氣有些抱怨，「我早跟他說了，
　這些天盡量別叫我，有事就叫別人。」

『領導怎麼說？』

「領導說了，妳就是別人、別人就是妳。」

『好深奧喔。』

「是呀。」

暖暖陷入沉思，似乎很為難。

『暖暖。』我說，『如果不妨礙妳工作的話，我可以陪妳去嗎？』

暖暖有些驚訝，轉頭看了看我。

『妳應該覺得不陪我說不過去，但誤了工作也麻煩，所以如果我陪妳
　去應該是一舉兩得。』我說，『當然這得在不妨礙妳的前提下。』

「我就知道你會這麼說。」暖暖眉間舒展，「當然不妨礙。」

『那就讓我當跟屁蟲吧。』我笑了笑。

「太好了。」暖暖笑了，「但我得叫人多買張火車票。」

『火車票？』我很好奇，『不是在北京嗎？我們要去哪？』

「哈爾濱呀。」暖暖說。

『哈……哈……』我有些結巴，『哈爾濱？』

「是哈爾濱，不是哈哈哈爾濱。」暖暖笑得很開心，「就一個哈。」

我愣在當地，久久說不出話來。

北京到哈爾濱約1248公里，晚上8點半有一班直達特快的火車，
隔天早上7點5分到哈爾濱，要坐10小時35分鐘。
暖暖先叫人買了兩張軟臥下鋪的票，然後我們回飯店，整理好行李。
退了今明兩晚的房間，改訂後天晚上，把行李箱寄放在飯店一樓。

走出飯店，暖暖看了我一眼，說：「得給你買雙手套。」
『不用了。』我說，『我把雙手插進口袋就好。』
「嗯。」暖暖點點頭，「皮製的比較禦寒。」
『雙手放在口袋，跟放進手套的意義一樣。』我說。
「哪種皮呢？」暖暖歪著頭想了一會，「就小羊皮唄。」
『別浪費錢買手套。』我說。
「就這麼著。」暖暖笑了笑，「在王府井大街上買。」
『……』
暖暖根本沒在聽我說話。

暖暖在王府井大街上幫我挑了雙小羊皮手套。
這次她學乖了，付錢的動作乾淨俐落，沒給我任何機會。
「你還需要頂帽子。」暖暖說。
『別再花錢了。』我說。
「放心。」暖暖說，「我有兩頂。」

我和暖暖先回暖暖住處，我在樓下等她。
暖暖收拾好要出遠門的用品後便下樓，給了我一頂黑色的毛線帽。

然後我們到暖暖工作的地方，暖暖讓我坐在沙發上等她，並交代：
「別亂說話。」
『什麼叫亂說話？』我問。
「比方說，如果人家問起你和我是啥關係？你可別說我是你愛人。」
『我明白了。』我說，『不能說妳是我愛人，要說我是妳愛人。』
「決定了。」暖暖說，「你一句話也不許說。」

只見暖暖東奔西跑，整理資料、準備器材，又跑去跟領導討論事情。
「可以走了。」暖暖終於忙完了，「你有亂說話嗎？」
『我聽妳的話，一句話也沒說。』我說。
「那就好。」暖暖笑了笑。
『結果人家都說暖暖的愛人真可憐，是個啞巴。』
「你……」

走出暖暖工作的樓，天色已黑了。
離坐火車還有一些時間，打算先吃點東西，恰巧發現烤羊肉串攤子。
我和暖暖各買了五根羊肉串，像一對貧賤夫妻般站在路邊吃。
手機正好在此時響起，看了一眼來電顯示，是學弟。
「學長，出來吃飯吧。」學弟說。
『我在北京耶。』我說。

「真的嗎？」學弟很驚訝。
『嗯。』我說。

「去參加暖暖的婚禮嗎？」學弟哇哈哈一陣亂笑。

『喂。』

「那沒事了，記得幫我向王克問好，順便看她過得好不好。」

『王克嫁人了。』

「你少來。」

『不信的話，我叫王克跟你講電話。』

我把手機拿給暖暖。

「我是王克。」暖暖捏著鼻子說，「我嫁人了。」

暖暖說完後，努力憋著笑，把手機還我。

學弟在電話那端哇哇亂叫不可能、這太殘忍了。

『我和暖暖跟你開個玩笑而已。』我邊笑邊說。

「這種玩笑會死人的。」

『好啦。就這樣。』

掛上電話，我和暖暖互看一眼，便同時大笑了起來。

『暖暖。』我說，『見到妳真好。』

「我原諒你。」暖暖又笑了。

坐上計程車，我和暖暖直奔北京火車站。

車站好大，人潮非常擁擠，暖暖帶著我繞來繞去才走進月台。

台灣的鐵路軌道是窄軌，這裡的軌道寬一些，應該是標準軌。

上了火車，找到我們的包廂，拉開門一看，左右各上下兩層床鋪。

門的對面是一整塊玻璃窗，窗前有張小桌子。
門的上方有一個可置放大型行李的空間。

我和暖暖在左右兩邊的下鋪坐下來，兩人膝蓋間的距離不到一人寬。
一對中年夫婦拖著一個笨重的行李箱走進來，先生先爬到上鋪，
我在下面托高行李箱，先生接住，把它放進門上的空間。
「謝謝。」他說。
『沒事。』我說。
服務員也進來了，說了聲晚上好，給我們每人一包東西便離開。
裡頭有紙拖鞋、牙刷牙膏肥皂、沾水後便可揉成毛巾的塊狀物，
還有一小包花生米。

我和暖暖把鞋脫了，換上紙拖鞋，坐在下鋪吃花生米。
床上有個10吋的液晶螢幕，可收看幾個頻道，但收視效果不好。
折騰了一下午，現在終於可以喘口氣，甚至有開始旅行的感覺。
低沉的砰隆一聲，火車起動了，我和暖暖都笑了。
問了暖暖軟臥硬臥的差別，是否在於床鋪的軟與硬？
暖暖說床鋪沒差多少，但硬臥包廂左右各上中下三層，一間六個人。

「咱們去吃飯唄。」暖暖站起身。
『嗯。』我也站起身。
穿過幾節車廂來到餐車，火車行駛很平穩，一路走來沒什麼搖晃。
餐車內很多人，我和暖暖找了個位子坐下，叫了兩碗麵。

位子很小，我們面對面吃麵（這時用簡體字就很酷，連續三個面），
中途還不小心撞到對方的頭，惹得我們哈哈大笑。

「台灣這時還有傳統嗎？」麵吃完後，暖暖說。
『台灣有個傳統，如果第三次和女生單獨吃飯卻讓女生付錢，男生會
　倒楣一個月。』我說。
「那第四次呢？」
『第四次就換女生倒楣了。』
暖暖說就這三次，下次別再搶著付錢了。
我點點頭，付了麵錢。

走回包廂，窗外是一片漆黑，沒有半點光亮。
常聽說東北的黑土地，但現在看來什麼都是黑的。
暖暖拿出一副撲克牌，笑著說：「來玩橋牌。」
我很驚訝，仔細打量暖暖的神情，看不出異樣。
「咋了？」暖暖很疑惑。
『沒事。』我說，『來玩吧。』

雙人橋又叫蜜月橋，我以為這應該是大家都知道的。
原本這就是新婚夫婦度蜜月時打發時間的遊戲。
而且還有個規矩，輸了得脫一件衣服。
這樣打完了牌，雙方衣服也脫得差不多，上床睡覺就方便多了。
也可避免新婚夫婦要脫衣上床一起睡覺時的尷尬。

暖暖應該是不曉得這規矩,我一面打牌一面猶豫該不該告訴她?
沒想到暖暖牌技精湛,我竟然連輸十幾把,被她電假的。
真要脫的話,我早就脫得精光,連自尊也脫掉了。
還好沒說,還好。

上鋪的中年夫婦睡了,暖暖把包廂的燈熄了。
整個世界變成一片黑暗,窗外也是。
只有火車輪子壓著鐵軌所發出的聲音,規律而細碎。
在黑暗中我看著暖暖的臉龐,有些夢幻,有些朦朧。
我們壓低音量說話,暖暖的聲音又輕又細,像從遙遠的地方傳來。

暖暖說明天還得忙一整天,先睡唄。
我調了手機鬧鐘,怕睡過頭醒來時就到西伯利亞了。
暖暖說這班車直達哈爾濱,火車一停就到了哈爾濱,不會再往北開。
「萬一真到了西伯利亞,我也在呀。」暖暖說。
『嗯。』我說,『那麼西伯利亞就有春天了。』
暖暖抿著嘴輕輕笑著,眼睛閃閃亮亮,像夜空中的星星。

我躺了下來,閉上眼睛,暖暖應該也躺下了。
「涼涼。」暖暖說。
『嗯?』

「真抱歉，拉著你到遙遠的哈爾濱。」

『哈爾濱不遠，心的距離才遠。』

「那你猜猜我正在想啥？」

『妳一定在想明天得趕緊把事辦完，然後帶我逛逛。』

「還有呢？」

『妳也在想要帶我逛哪裡。』

「還有呢？」

『我衣服穿得少，妳擔心我會凍著。』

「都讓你說中了。」暖暖又笑了。

『那妳猜我正在想什麼？』我說。

「你肯定在想，到了西伯利亞咋跟俄羅斯姑娘聊天。」

『妳好厲害。』我笑了笑，『還有呢？』

「興許你覺得正在作夢。」暖暖說。

我很驚訝，不自覺睜開眼睛，像夜半突然醒過來只看見黑。

「涼涼。」

『嗯？』

「你不是在作夢，我還活著，而且就在你身旁。」暖暖說，

「不信你伸出手摸摸。」

我右手向右伸出，手臂在黑暗中緩緩摸索，終於碰觸暖暖的手心。

暖暖輕輕握住我的手。

「是溫的嗎？」暖暖問。

『嗯。』

手背傳來些微刺痛，我猜是她用指甲掐了一下我的手背。

「會痛嗎？」暖暖問。

『嗯。』

「所以你不是在作夢，我還活著，而且就在你身旁。」

暖暖又說了一次。

我有些漂動的心，緩緩安定，像進了港下了錨的船。

『暖暖。』我在黑暗中說，『見到妳真好。』

「我原諒你。」暖暖在黑暗中回答。

14.

暖暖白皙的臉蛋凍得通紅，毛線帽下的黑色髮絲，輕輕拂過臉龐。

在我眼裡，暖暖是這條街上最美麗的女孩。

暖暖才是雪地裡的精靈。

尖銳的鈴聲把我拉離夢境,但我還不想離開夢中的雪地。

「涼涼,起床了。」

感覺右手臂被搖晃,睜開眼看見暖暖,我嚇得坐直了身。

「咋了?」暖暖問。

腦袋空白了幾秒,終於想起我在火車上,而且暖暖在身旁。

『嘿嘿。』我笑了笑。

拿著牙刷牙膏毛巾,才剛走出包廂,冷冽的空氣讓我完全清醒。

還好盥洗室有熱水,如果只有冷水,洗完臉後我的臉就變成冰雕了。

漱洗完後回到包廂,把鞋子穿上,檢查一下有沒有忘了帶的東西。

理了理衣服,背上背包,我和暖暖下了火車。

「終於到了你口中的哈哈哈爾濱了。」暖暖說,「有何感想?」

『北京冷、哈爾濱更冷,連暖暖說的笑話都比台灣冷。』

我牙齒打顫,『總之就是一個冷字。』

「還不快把圍巾和毛線帽戴上。」

我把圍巾圍上,但毛線帽因為沒戴過,所以怎麼戴都覺得怪。

暖暖幫我把毛線帽往下拉了拉,再調整一下,然後輕拍一下我的頭。

「行了。」暖暖笑了。

準備坐上計程車,手才剛接觸金屬製門把,啪的一聲手迅速抽回。

「天氣冷。」暖暖笑著說,「靜電特強。」

『這樣日子也未免過得太驚險了吧。』我說。

「電久了，就習慣了。」暖暖說。

她說以前頭髮長，有次搭計程車時髮梢掃到門把，嗶嗶剝剝一陣響。

「還看到火花呢。」暖暖笑了笑。

我說這樣真好，頭髮電久了就捲了，可省下一筆燙頭髮的錢。

坐上計程車，透過車窗欣賞哈爾濱的早晨，天空是清澈的藍。

哈爾濱不愧「東方莫斯科」的稱號，市容有股濃厚的俄羅斯風味，

街頭也常見屋頂尖斜像「合」字的俄羅斯建築。

我和暖暖在一家狗不理包子吃早飯，這是天津狗不理包子的加盟店。

熱騰騰的包子皮薄味美，再加上綠豆粥的香甜，全身開始覺得暖和。

哈爾濱的商家幾乎都是早上八點營業、晚上七點打烊，

這在台灣實在難以想像。

我和暖暖來到一家像是茶館的店，進門前暖暖交代：

「待會碰面的人姓齊，咱們要稱呼他……」

『齊瓦哥醫生。』我打斷她。

「哈爾濱已經夠冷的了，千萬別說冷笑話。」暖暖笑了笑，

「而且齊瓦哥醫生在內地改姓了，叫日瓦戈醫生。」

『妳自己還不是講冷笑話。』我說。

「總之要稱呼他齊老師，而不是齊醫生。」

我點點頭便想推開店門，但接觸門把那瞬間，又被電得哇哇叫。

去過暖暖的工作地方，大概是出版社或雜誌社之類的，但沒細問。

因此暖暖與齊老師對談的語言與內容，不會讓我覺得枯燥。
若我和她角色互調，我談工作她陪我，我猜不到十分鐘她就會昏睡。
為了不單純只做個裝飾品，我會在筆記本上塗塗鴉，假裝忙碌；
偶爾也點頭說些您說得對、說得真好、有道理之類的話。

與齊老師訪談結束後，我們來到一棟像是60年代建築的樓房。
這次碰面的是個五十歲左右的大嬸，「姓安。」暖暖說。
『莫非是安娜・卡列尼娜？』我說，『哈爾濱真的很俄羅斯耶。』
「涼涼。」暖暖淡淡地說。
『是。』我說，『要稱呼她為安老師。』
「嗯。」暖暖又笑了，「而且安娜・卡列尼娜應該是姓卡才對。」

離開安老師住所，剛過中午12點。
暖暖有些急，因為下個約似乎會遲到。
叫了輛計程車，我急著打開車門時又被電了一次。
下了車，抬頭一看，招牌上寫著「波特曼西餐廳」。
還好門把是木製的，不然再電下去我就會像周星馳一樣，
學會電角神拳。

「手套戴著唄。」暖暖說，「就不會電著了。」
『為什麼現在才說？』
「因為我想看你被電呀。」暖暖笑著說。
我想想自己也真夠笨，打算以後手套就戴著，進屋內再拿掉。

暖暖很快走到一個約四十歲的中年男子桌旁,說聲抱歉、來晚了。

他笑了笑說沒事,便示意我們坐下再說。

「從學生時代便喜歡您的作品,今天很榮幸能見您一面。」暖暖說。

「錢鍾書說得不錯,喜歡吃雞蛋,但不用去看下蛋的雞長得如何。」

他哈哈大笑,「有些人還是不見的好。」

嗯,他應該是個很好相處的人。

這是家俄式餐廳,天花板有幅古歐洲地圖,還懸掛著水晶吊燈。

鵝黃色的燈光並不刺眼,反而令人覺得舒服與溫暖。

雕花的桌架、彩色玻璃窗、紅木吧台和走廊,刻了歲月痕跡的燭台;

大大的啤酒桶窩在角落,牆上擺了許多酒瓶,壁面掛了幾幅老照片。

音響流瀉出的,是小提琴和鋼琴的旋律,輕柔而優雅。

這是寒冷城市裡的一個溫暖角落。

暖暖點俄式豬肉餅、罐燒羊肉、紅菜湯、大馬哈魚子醬等俄羅斯菜,

還點了三杯紅酒。

『紅酒?』我輕聲在她耳邊說,『這不像是妳的風格。』

「讓你喝的。」她也輕聲在我耳邊說,「喝點酒暖暖身子。」

『妳的名字還可以當動詞用。』我說,『真令人羨慕。』

暖暖瞄了我一眼,我便知道要閉嘴。

這裡的俄羅斯菜道不道地我不知道，但是好吃，價錢也不貴。
紅酒據說是店家自釀的，酒味略淺，香甜而不苦澀，有獨特的味道。
餐廳內瀰漫溫暖氣氛，顧客臉上也有一種淡淡的、看似幸福的笑容。
暖暖和那位中年男子邊吃邊談，我專心吃飯和喝酒，三人都有事做。
當我拿出餐巾紙擦擦滿足的嘴角時，發現包著餐巾紙的紙袋外面，
印著一首詩。

秋天　我回到波特曼
在那首老情歌的末尾
想起你特有的固執

從我信賴地把你當作一件風衣
直到你縮小成電話簿裡
一個遙遠的號碼　這期間
我的堅強　夜夜被思念偷襲

你的信皺皺巴巴的
像你總被微笑淹沒的額頭
我把它對準燭光
輕輕地撕開

當一枚戒指掉進紅酒杯
我的幸福
已奪眶而出

「當一枚戒指掉進紅酒杯，我的幸福已奪眶而出。」中年男子說。
　我抬起頭看了看他，我猜他應該是跟我說話，便點了點頭。
「這首詩給你的感覺如何？」他問。
『嗯……』我沉吟一下，『看似得到幸福，卻有一股哀傷的感覺。』
「是嗎？」他又問，「那你覺得寫詩的人是男的還是女的？」

『字面上像是描述終於得到愛情的女性，但我認為寫詩的人是男的，
　搞不好就是這家餐廳老闆，而且他一定失去所愛的人。』我說。
「挺有趣的。」他笑了笑，「說來聽聽。」
『也許老闆失去摯愛後，寫下情詩、自釀紅酒，讓顧客在喝紅酒時，
　心中便期待得到幸福。』我說，『男生才有這種胸襟。』
「那女的呢？」他問。
『女的失去摯愛後，還是會快快樂樂的嫁別人。』
「瞎說！」暖暖開了口。
　一時忘了暖暖在身旁，我朝暖暖打了個哈哈。

「你的想像力很豐富。」他說。
　我有些不好意思，簡單笑了笑。
　暖暖起身上洗手間，他等暖暖走後，說：
「很多姑娘會把心愛的男人拐到這兒來喝杯紅酒。」
『就為了那首詩？』我說。
「嗯。」他點點頭，「你知道嗎？秦小姐原先並非跟我約在這。」
『喔？』我有些好奇。

「我猜她是因為你，才改約在這裡。」

『你的想像力也很豐富。』我說。

暖暖從洗手間回來後，他說：「合同帶了嗎？」

『帶了。』暖暖有些驚訝，從包裡拿出合同。

「我趕緊簽了。」他笑著說，「你們才有時間好好逛逛哈爾濱。」

暖暖將合同遞給他，他只看了幾眼，便俐落地簽上名。

「那首詩給我的感覺，也是哀傷。」他站起身，抖了抖衣角，說：
「戒指並非藏在信裡，而是拿在手上。將戒指投進紅酒杯時，奪眶
　而出的不是幸福，而是自己的淚。」

他說了聲再見後，便離開波特曼。

「我不在時，你們說了啥？」暖暖問。

『這是男人之間的祕密。』我搖搖頭，『不能告訴女人。』

走出波特曼，冷風撲面，我呼出一口長長的白氣，卻覺得通體舒暢。

經過一座西式馬車銅雕，看見一條又長又寬的街道，這是中央大街。

中央大街始建於 1898 年，舊稱中國大街，但其實一點也不中國。

全長 1450 米，寬度超過 20 米，兩旁都是歐式及仿歐式建築，

匯集文藝復興、巴洛克、哥德、拜占庭、新藝術運動等建築。

顏色多姿多彩，紅色系、綠色系、黃色系、粉色系、灰色系都有。

整條大街像是一條建築藝術長廊，有著驕傲的氣質和浪漫的氣氛。

地上鋪著花崗岩，因為年代已超過一百年，路面呈現些微高低起伏。
每塊花崗岩長18公分、寬10公分、高近半米，深深嵌入地面，
鋪出一條長長的石路。
全黑的街燈柱子為燭台樣式，燭台上沒插蠟燭，而是用毛玻璃燈盞。
像極了十九世紀歐洲街道上的路燈。
恍惚間聽見達達的馬蹄聲，下意識回頭望，以為突然來了輛馬車。
腦裡浮現電影《戰爭與和平》中，從馬車走下來的奧黛麗赫本。

這裡是步行街，汽車不能進來，不知道馬車可不可以？
今天是星期六，街上出現人潮，女孩的鞋跟踩著石磚發出清脆聲響。
哈爾濱女孩身材高挑，腰桿挺直，眉目之間有股英氣，感覺很酷。
如果跟她們搭訕時說話不得體，應該會被打成重傷吧。
20歲左右的俄羅斯女孩也不少，她們多半穿合身皮衣，曲線窈窕。
雪白臉蛋透著紅，金色髮絲從皮帽邊探出，一路嘰嘰喳喳跑跑跳跳，
像是雪地裡的精靈。

但這些美麗苗條的俄羅斯女孩，往往30歲剛過，身材便開始臃腫，
而且一腫就不回頭。
難怪俄羅斯出了很多大文豪，因為他們比世界上其他地區的人，
更容易領悟到美麗只是瞬間的道理。
「說啥呀。」暖暖說。
『嘿嘿。』我笑了笑。

「你覺得東北姑娘跟江南姑娘比起來，如何？」暖暖問。

『我沒去過江南啊。』我說。

「你不是待過蘇州？」

『蘇州算江南嗎？』

「廢話。」暖暖說。

江南女子說話時眼波流轉，溫柔嬌媚身材婀娜，像水邊低垂的楊柳；
東北女子自信挺拔，膚色白皙眉目如畫，像首都機場高速路的白樺。

『但她們都是麗字輩的。江南女孩秀麗，東北女孩俏麗。』我說。

「所以我是白樺？」暖暖說。

『嗯？』

「你忘了嗎？」暖暖說，「我也是東北姑娘呀。」

『妳是女神等級，無法用凡間的事物來比擬。』

「我偏要你比一比。」

『如果硬要形容，那麼妳是像楊柳的白樺。』

五個俄羅斯女孩走近我們，用簡單的英文請我幫她們拍張照。

我接過相機，轉頭對著暖暖嘆口氣說：『長得帥就有這種困擾。』

背景是四個拉小提琴的女孩雕塑，一立三坐，神韻生動。

我拍完後，也請其中一個女孩幫我和暖暖拍張照。

我和暖暖雙手都比了個Ｖ。

拿著在這條街拍的照片，可向人炫耀到過歐洲，他們絕對無法分辨。

唯一的破綻大概是店家招牌上的中文字。

「您真行。」拍完後，暖暖說：「竟挑最靚的俄羅斯姑娘。」

『我是用心良苦。』我說。

「咋個用心良苦法？」

『那個俄羅斯女孩恐怕是這條街上最漂亮的，她大概也這麼覺得。但這裡是中國地方，怎能容許金髮碧眼妞在此撒野。所以讓她拍妳，讓她體會強中自有強中手、一山還有一山高的道理。妳沒看到她按快門的手因為羞愧而顫抖嗎？』

「瞎說。」暖暖哼了一聲。

暖暖白皙的臉蛋凍得通紅，毛線帽下的黑色髮絲，輕輕拂過臉龐。

在我眼裡，暖暖是這條街上最美麗的女孩。

暖暖才是雪地裡的精靈。

到了聖索菲亞教堂，這是遠東地區最大的東正教教堂。

教堂由暗紅色的磚砌成，拱型窗戶嵌著彩色石英玻璃。

平面呈不等臂「十」字形，中間為墨綠色像洋蔥頭的拜占庭式穹頂；

前後左右為墨綠色俄羅斯帳篷式尖頂，穹頂和尖頂上有金色十字架。

清澈的藍天下，成群白鴿在教堂前廣場飛舞。

暖暖雙手左右平伸，還真有兩隻白鴿停在她手臂上，她咯咯笑著。

我說冬天別玩這遊戲，她問為什麼？

『鴿子大便和雪一樣，都是白色的，分不出來。』我說。

暖暖瞪了我一眼後，便將手放下。

經過一棟顏色是淡粉紅色的三層樓建築，招牌上寫著馬迭爾賓館。
暖暖說別看這建築不太起眼，百年前可是東北數一數二的賓館，
接待過溥儀、十四世達賴喇嘛、宋慶齡等名人。
「冷嗎？」暖暖突然問。
『有點。』我說，『不過還好。』
「那麼吃根冰棍唄。」
『喂。』我說，『開玩笑嗎？』
「這叫以毒攻毒。」暖暖笑了笑，「吃了興許就不冷了。」
『那叫雪上加霜吧。』

暖暖不理會我，拉著我走到馬迭爾賓館旁，地上擺了好幾個紙箱。
我看了一眼便嚇一大跳，那些都是冰棒啊。
後來才恍然大悟，現在溫度是零下，而且搞不好比冰箱冷凍庫還冷，
冰棒自然直接放戶外就行。
暖暖買了兩根冰棒，遞了一根給我。
咬了一口，身體沒想像中會突然發冷，甚至還有種爽快的感覺。
但吃到一半時，身體還是不自覺發抖了一會。
「我就想看你猛打哆嗦。」暖暖笑得很開心。

吃完冰棒後，暖暖說進屋去暖和暖和，我們便走進俄羅斯商城。
裡頭擺滿各式各樣俄羅斯商品，店員也做俄羅斯裝束。
但音樂卻是刀郎的〈喀什噶爾胡楊〉，讓人有些錯亂。

我買了個俄羅斯套娃，好幾年前這東西在台灣曾莫名其妙流行著。
走出俄羅斯商城，遠遠看見一座噴水池。
原以為沒什麼，但走近一看，噴出的水珠迅速在池子裡凝結成冰，
形成噴水成冰的奇景。

馬迭爾賓館斜對面便是教育書店，建築兩面臨街，大門開在轉角。
建築有五層，外觀是素白色，屋頂是深紅色文藝復興式穹頂。
大門上兩尊一樓高的大理石人像、兩樓高的科林斯壁柱從三到四層、
窗台上精細浮雕、半圓形與花萼形狀的陽台，這是典型巴洛克建築。
走進書店，這是雅字輩地方，建築典雅、浮雕古雅、氛圍高雅，
於是我只能附庸風雅，優雅的翻著書。
『我是不是溫文儒雅？』我問暖暖。
暖暖又像聽到五顆星笑話般笑著。

離開教育書店，我和暖暖繼續沿街走著。
街上偶見的銅雕塑，便是我們稍稍駐足的地方。
我問暖暖為什麼對哈爾濱那麼熟？
「因為常來呀。」暖暖說。
『為什麼會常來？』
「老家綏化就在哈爾濱東北方一百多公里，坐火車才一個多鐘。」
『原來如此。』我說。

「對了。」暖暖說，「我昨晚給父親打電話，他要我有空便回家。」

『回家很好。』我說。

「我父親準備來個下馬威，兩罈老酒，一人一罈。」

『妳和父親很久沒見面，是該一人一罈。』

「是你和我父親一人一罈！」

『啊？』我張大嘴巴。

「嚇唬你的。」暖暖笑了，「你放心，晚上還得趕回北京呢。」

暖暖帶我走進一家麵包店，一進門便聞到一股濃郁的香味。

一堆臉盆大小的麵包擺滿架上，形狀像吐司，據說每個有四斤重。

俄語麵包的發音近似列巴，因此哈爾濱人把這種麵包叫大列巴。

大列巴由酒花酵母發酵而成，香味特濃，而且聞起來還有一點點酸。

我抱了一個大列巴，才七塊人民幣。

暖暖說大列巴在冬天可存放一個月。

『從北京到綏化多遠？』我問暖暖。

「1400公里左右。」

『那麼每天走40幾公里，走一個月就可以到綏化了。』

「幹啥用走的？」

『如果下起超級大雪，飛機不飛、火車不開，我就用走的。』

「說啥呀。」

『去找妳。』我說，『我可以扛幾個大列巴，在嚴冬中走一個月。』

「你已經不怕東北虎跟黑熊了嗎？」

『怕了還是得去啊。』

暖暖笑了，似乎也想起去年夏天在什刹海旁的情景。

「綏化有些金代古蹟，你來的話，我帶你去瞧瞧。」暖暖說，「像是
　金代城牆遺址、金兀朮屯糧處、金兀朮妹之墓。」

『那我就不去了。』我說。

「呀？」

『我在岳飛靈前發過誓，這輩子跟金兀朮誓不兩立。』

「瞎說。」暖暖瞪我一眼，「岳飛墓在杭州西湖邊，你又沒去過。」

『我去過啊。』我說，『離開蘇州前一天，我就在西湖邊。』

暖暖睜大眼睛，似乎難以置信。

『那時看到岳飛寫的"還我河山"，真是感觸良多。』我說。

「原來你還真去過。」

『綏化既然是金兀朮的地盤，那……』我嘆口氣，『真是為難啊。』

「你少無聊。」暖暖說。

『暖暖。』我說，『盡忠報國的我，能否請妳還我河山？』

她看了我一眼，噗哧笑了出來，說：「行，還你。」

『這樣我就可以去綏化了。』我笑了笑。

暖暖並不知道，即使我在岳王廟，仍是想著她。

「西湖美嗎？」過了一會，暖暖問。

『很美。』我說。

「有多美？」

『跟妳在伯仲之間。不過西湖畢竟太有名，所以妳委屈一點，

　　讓西湖為伯、妳為仲。』

「你不瞎說會死嗎？」

『嗯。』我說，『我得了一種不瞎說就會死的病。』

說說笑笑間，已走到中央大街北端，松花江防洪紀念塔廣場。

這個廣場是為紀念哈爾濱人民在1957年成功抵擋特大洪水而建。

防洪紀念塔高13米，塔身是圓柱體，周圍有半圓形古羅馬式迴廊。

在紀念塔下遠眺松花江，兩岸雖已冰雪覆蓋，但江中仍有水流。

暖暖說大約再過幾天，松花江江面就會完全結冰。

「對岸就是太陽島，一年一度的雪博會就在那裡舉行。」暖暖說，

「用的就是松花江的冰，而且松花江上也會鑿出一個冰雪大世界。」

我們在迴廊邊坐下，這裡是江邊，又是空曠地方，而且還有風。

才坐不到五分鐘，我終於深刻體會哈爾濱的冬天。

一個字，冷。

『這裡……好像……』我的牙齒打得凶。

「再走走唄。」暖暖笑了。

暖暖說旁邊就是斯大林公園，可以走走。

『台灣的翻譯是史達林，不是斯大林。』我說。

她簡單哦了一聲，似乎已經習慣兩岸對同一個人事物用不同的說法。

『不過不管是斯大林還是史達林，都是死去的愛人的意思。』

「死去的愛人？」暖暖很疑惑。

『嗯。』我點點頭，『死去的愛人，死 darling。』
暖暖突然停下腳步，眼神空洞。

『這個笑話應該有五顆星。』我很得意。
「我凍僵了。」暖暖說，「早跟你說在哈爾濱不能講冷笑話。」
暖暖的雙頰依舊凍得通紅，睫毛上似乎有一串串光影流轉的小冰珠。
『暖暖！』我嚇了一跳，用手輕拍她臉頰，『妳真的凍僵了嗎？』
「說啥呀。」
暖暖似乎也嚇了一跳，而雙頰的紅，暈滿了整個臉龐。

『妳的睫毛……』我手指著暖暖的眼睛。
「哦。」暖暖恍然大悟，「天冷，睫毛結上了霜，沒事。」
『嚇死我了。』我拍了拍胸口。
「那我把它擦了。」暖暖說完便舉起右手。
『別擦。』我說，『這樣很美。』
暖暖右手停在半空，然後再緩緩放下。

我們不約而同停下腳步，單純感受哈爾濱的冬天。
天色漸漸暗了，溫度應該降得更低，不過我分不出來。
我感覺臉部肌肉好像失去知覺，快成冰雕了。
『暖暖。』我說話有些艱難，『幫我看看，我是不是凍僵了？』
「沒事。」暖暖看了我一眼，「春天一到，就好了。」
『喂。』我說。

「吃點東西唄。」暖暖笑了笑。

我們走到附近餐館，各叫了碗熱騰騰的豬肉燉粉條。
肉湯的味道都燉進粉裡頭，吃了一口，奇香無比。
我的臉部又回復彈性，不僅可以自然說話，搞不好還可以繞口令。
吃完後走出餐館，天完全黑了。
但中央大街卻成了一道黃色光廊。

中央大街兩旁仿十九世紀歐洲的街燈都亮了，濃黃色的光照亮石磚。
踏著石磚緩緩走著，像走進電影裡的十九世紀場景。
具有代表性的建築也打上了投射燈，由下往上，因此雖亮卻不刺眼。
這些投射燈光以黃色為主，局部地方以藍色、紅色與綠色燈光加強。
雖然白天才剛走過這條大街，但此刻卻有完全不一樣的風景。
日間的喧譁沒留下痕跡，取而代之的是一派金碧輝煌。
我相信夜晚的哈爾濱更冷，但卻有一種溫暖的美。
我竟然有些傷感，因為即將離開美麗的哈爾濱。

走回聖索菲亞教堂，暗紅色的磚已變成亮黃，窗戶的玻璃透著翠綠。
『暖暖，好美喔。』我情不自禁發出讚嘆。
「是呀。」暖暖說。
『我剛講的句子，拿掉逗號也成立。』我說。
暖暖沒說什麼，只是淺淺笑了笑。

我和暖暖坐在階梯上，靜靜感受哈爾濱最後的溫柔。

哈爾濱的冬天確實很冷，但我心裡卻開滿了春天的花朵。

15.

去年和暖暖在此遊覽時正值盛夏，陽光照在金瓦上，閃閃發亮。

如今因為三天前那場雪，紫禁城染了白，看來有些蕭瑟蒼涼。

我隨處亂走，到處都充滿和暖暖曾駐足的回憶。

最後走到御花園，連理樹因積雪而白了頭，但始終緊緊擁抱。

連理樹依然是純真愛情的象徵，無論夏冬、無論青絲或白頭，

努力提醒人們純真的愛情是多麼可貴，值得人們歌頌。

如果有天，世上的男女都能以純真的心對待彼此，

又何需連理樹來提醒我們愛情的純真？

到那時連理樹就可以含笑而枯了。

所以連理樹現在還活著，因為人們還需要被提醒。

晚上8點32分的火車從哈爾濱出發，隔天早上7點7分到北京，
還是要坐10小時35分鐘。
跟北京到哈爾濱的情況幾乎一樣，就差那兩分鐘。
為什麼不同樣是8點半開而是8點32分開，我實在百思不解。
但幸好多這兩分，因為我和暖暖貪玩，到月台時已是8點半了。

回程的車票早已買好，仍然是軟臥下鋪的位置。
這次同包廂的是兩個來哈爾濱玩的北京女孩，剛從大學畢業沒多久。
就是那種穿上高跟鞋還不太會走路的年紀，這種年紀的女孩最迷人。
她們很熱情，主動跟暖暖閒聊，暖暖還告訴她們我是從台灣來的。

兩個女孩，一高一瘦，竟然同時從上鋪迅速爬下，來到我面前。
「我還沒親眼見過台灣人呢，得仔細瞧瞧。」高的女孩說。
「說句話來聽聽。」瘦的女孩說。
『妳好。』我說。
「講長一點的句子唄。」高的女孩說。
『冷，好冷，哈爾濱實在是冷。』我說。
她們兩人哇哇一陣亂笑，車頂快被掀開了。
『別笑了。』我說，『人家會以為我們這裡發生凶殺案。』
她們兩人笑聲更大了，異口同聲說：「台灣人講話挺有趣的。」

這兩個女孩應該剛度過一個愉快的哈爾濱之旅，情緒依然亢奮。
嘰嘰喳喳說個沒完，還拿出撲克牌邀我和暖暖一起玩。

暖暖將大列巴切片，四個人分著吃，才吃了三分之一就飽了。
大列巴吃起來有些硬，口味微酸，但香味濃郁。

好不容易她們終於安靜下來，我走出包廂外透透氣。
火車持續發出規律而低沉的咚隆聲，駛向北京。
天一亮就到北京了，而我再待在北京一天後，就得回台灣。
突然襲來的現實讓我心一沉，凋謝了心裡盛開的花。
耽誤了幾天的工作可以救得回來，但回去後得面對無窮無盡的思念。
又該如何救？

「在想啥？」暖暖也走出包廂。
『沒事。』我說。
暖暖看了我一眼，問：「啥時候的飛機？」
『後天早上十點多。』我也看了暖暖一眼。
然後我們便沉默了。

『暖暖。』我打破沉默，『我想問妳一個深奧的問題。』
「問唄。」暖暖說。
『妳日子過得好嗎？』
「這問題確實深奧。」暖暖笑了笑，「日子過得還行。你呢？」
『我的日子過得一成不變，有些老套。』
「大部分人的人生都是老套呀，又有多少人的人生是新鮮呢？」
『有道理。』我笑了笑。

暖暖突然從包裡拿出一張紙，說：「你瞧。」
我看了一眼，便知道這是去年在蘇州街算字時所寫的字。
『怎麼會在妳這兒？』我問。
「老先生給我後，一直想拿給你，卻忘了。」暖暖又拿出白紙和筆，
「你再寫一次。老先生說了，興許字會變。」
我在車廂間找了個平整的地方，再寫了一次台南城隍廟的對聯。

「你的字有些不一樣了。」暖暖對比兩張紙上的字，說：
「比方這個『我』字，鉤筆劃不再尖銳，反而像條弧線。」
我也看了看，確實是如此。這大概意味著我世故了或是圓滑了。
進入職場一年半，我已經懂得要稱讚主管領帶的樣式和顏色了。

暖暖也再寫一次成都武侯祠的對聯，我發覺暖暖的字幾乎沒變。
至於排列與橫豎，我和暖暖橫豎的排列沒變，字的排列也直。
我依然有內在的束縛，暖暖始終缺乏勇氣。
我和暖暖像是萬福閣，先讓邁達拉巨佛立好，然後遷就巨佛而建成；
從沒絞盡腦汁想過該如何改變環境、把巨佛擺進萬福閣裡。

『面對未來，妳有什麼打算？』我問。
「就過日子唄，要打算啥？」
『說得也是。』我說，『但有時想想，這樣好像太過平凡。』

「就讓別人去追逐不平凡。」暖暖笑說，「當多數人是不平凡時，
　不平凡就成了平凡，而平凡就成了不平凡。」

『妳看得很開。』

「只能如此了。」

關於分隔兩岸的現實，我和她似乎都想做些什麼，卻不能改變什麼。

『我們好像小欣跟阿麗這兩個女孩的故事。』我說。

「小欣跟阿麗？」暖暖很疑惑。

『嗯。』我說，『小欣買了一條魚，但阿麗不想煮。』

「然後呢？」

『沒有然後了。』

「呀？」

『這就是欣有魚而麗不煮。』

暖暖睜大眼睛，臉上表情像是猶豫該生氣還是該笑，最後決定笑了。

「涼涼。」暖暖說，「沒想到我竟然能容忍你這麼久。」

『辛苦妳了。』我說。

「如果將來某天，我們再見面時，你一定要告訴我，你曾在哈爾濱往
　北京的火車上，說了一個五顆星的冷笑話。」

『我會的。』我說，『而且還會再奉上另一個五顆星冷笑話。』

「這是約定哦。」暖暖笑了笑。

『嗯。』我點點頭。

我和暖暖對未來沒有規劃、沒有打算，但卻抱著某種期望。

我和暖暖走回包廂，燈光已暗，那兩個北京女孩應該睡著了。
暖暖輕輕說聲晚安，我們便各自躺回屬於自己的下鋪。
我閉上眼睛，開始倒帶來北京後這幾天的情景。
相聚總是短暫，而離別太長，我得用心記下這些場景，
因為將來要回味的時間多著呢。

時間一點一滴流逝，耳畔火車前進的聲響始終不斷，這是失眠前兆。
我嘆口氣，慢慢摸索到門邊，輕輕拉開門，側身閃出去。
遇見一個半夜上洗手間的中年漢子，我嚇了一跳。
因為他雙眼呆滯、表情木然，走路緩慢且隨著火車前進而左右搖晃。
如果你看過電影《禁入墳場》，你大概會跟我一樣，以為是活死人。

「咋出來了？」
我轉過頭，暖暖揉了揉眼睛。
『因為睡不著。』我說。
「那我陪你。」暖暖說。

當為了女朋友而戒菸的男人又開始抽菸時，通常大家都會驚訝地問：
「咦？你不是戒菸了嗎？」
但我和暖暖則是那種一句話都不說的人。
因為我們知道男人又抽菸的背後所代表的意義。
所以我和暖暖並不會互相詢問睡不著的理由。

「輪到我問你一個深奧的問題。」過了許久，暖暖說。

『問吧。』我說。

「為何不從蘇州回台灣，而要來北京？」

『因為心裡老想著去年夏天在北京的往事，所以我就來北京了。』

「北京魅力真大。」暖暖笑了。

『不是因為想念北京。』我說，『而是因為想念一個人。』

「我可以繼續問嗎？」暖暖說。

『不可以。』我說。

「那我就不問。」

『可是我偏要回答。』我說，『因為想念暖暖，所以我到北京。』

暖暖沒回話，靜靜靠躺著車身，臉上掛著淺淺的微笑。

「我想睡了。」暖暖說。

『妳睡吧。』我說。

「你呢？」

『我無法移動，因為思念的浪潮已經將我吞沒。』

「說啥呀。」

『啊！淹到鼻子了，我快不能呼吸了。』

「你少無聊。」暖暖說。

『滅頂了。』我說，『救……命……啊……』

「別在這丟人了。」暖暖拉著我走回包廂，「快睡。」

在黑暗中躺回床鋪，閉上眼睛還是沒有睡意。

「涼涼。」暖暖輕聲說。

『嗯？』

「伸出你右手。」

雖然好奇，我還是伸出右手，暖暖左手小指勾住我右手小指。

『做什麼？』我問。

「你不是說你滅頂了嗎？」暖暖輕輕笑著，「我只好勾你起來。」

我心裡又覺得暖暖的，全身逐漸放鬆，眼皮開始覺得重了。

「既然咱們勾勾手了，乾脆做個約定。」暖暖說。

『約定？』

「如果以後你在台灣失眠時，要想起今夜。好嗎？」

『嗯。』

「晚安。」暖暖說。

我和暖暖雙手自然下垂，但依然保持著小指勾住的狀態。

我知道醒來後小指一定會分開，但起碼入睡前小指是勾著的。

這就夠了。

天亮了，火車抵達北京。

用不著手機鬧鐘呼叫，那兩位北京女孩的談笑聲，可以讓我醒十次。

「台灣小伙，得說再見了。」高的女孩說，「別哭哦。」

「別捨不得咱離開。」瘦的女孩說，「咱可是不回頭的花兒呢。」

『不是捨不得。』我說，『是求之不得。』

「說啥呀。」暖暖瞪我一眼。

這兩個北京女孩邊笑邊走，人影都不見了，我卻還能聽見笑聲。

剛走出車站，暖暖得回單位交差，說句忙完了再來找我，便走了。

我看著暖暖的背影消失在人群，心裡有種說不出的孤單。

但我還是得堅強地站著，維持正常的呼吸、心跳和乾燥的眼角。

因為我得先彩排，試著承受這種分離的力道，以免明天正式公演時，

被這種力道擊倒。

「嘿！」

突然有人拍了拍我的肩膀，回過頭，暖暖笑吟吟地站在我身後。

我張大嘴巴，又驚又喜。

「坐過北京的地鐵嗎？」暖暖笑了笑，「咱們一起坐。」

『妳……』

「想給你個驚喜而已。」暖暖很得意。

暖暖帶著我走進地鐵站，坐2號線轉1號線，王府井站下車。

離開地鐵站走回飯店，飯店斜對面有家永和豆漿，我們在那吃早點。

「永和豆漿在台灣很有名嗎？」暖暖問，「北京好多家分店呢。」

『在台灣，豆漿都叫永和、文旦都叫麻豆、貢丸都叫新竹。』

「說啥呀。」

『意思就是永和豆漿很有名。』我說。

想起去年喝豆汁的往事，同樣是豆字輩的，豆漿的味道就人性許多，
起碼豆漿不用試煉你的味覺。

『妳比較喜歡豆汁還是豆漿？』我問暖暖。

「豆汁。」暖暖回答。

『美女就是美女。』我說，『連舌頭都跟別人不一樣。』

「你少無聊。」暖暖說。

吃完早點，我們走回台灣飯店，然後我上樓，暖暖坐計程車回單位。

明知這次應該不可能，但我進電梯前還是回頭看看暖暖是否在身後。

果然不在。

拖著沉重的腳步進了房間，放下行李，坐在床邊發呆。

意識到該找點事做，便起身進浴室洗了個熱水澡。

洗完後又坐在床邊發呆，然後順勢躺下。

醒來後已快下午一點，檢查手機，無任何來電或簡訊。

自從三天前下飛機後，我睡醒睜開眼睛，一定會看見暖暖。

但現在房間空蕩蕩的，只有我一個人。

感覺房間正以一種無形的力道擠壓我，我透不過氣，下樓走出飯店。

走在王府井大街上，今天是星期天，人潮擠滿這條步行街。
我漫無目的走著，以一種與大街上人群格格不入的步伐和心情。
到了東長安街口，右轉繼續直走東長安街，走到天安門廣場。
這個可容納一百萬人的廣場即使現在已湧進幾萬人，還是覺得空曠。
穿過天安門，我買了張門票，走進紫禁城。

去年和暖暖在此遊覽時正值盛夏，陽光照在金瓦上，閃閃發亮。
如今因為三天前那場雪，紫禁城染了白，看來有些蕭瑟蒼涼。
我隨處亂走，到處都充滿和暖暖曾駐足的回憶。
最後走到御花園，連理樹因積雪而白了頭，但始終緊緊擁抱。
連理樹依然是純真愛情的象徵，無論夏冬、無論青絲或白頭，
努力提醒人們純真的愛情是多麼可貴，值得人們歌頌。

如果有天，世上的男女都能以純真的心對待彼此，
又何需連理樹來提醒我們愛情的純真？
到那時連理樹就可以含笑而枯了。
所以連理樹現在還活著，因為人們還需要被提醒。

離開御花園，走出神武門，護城河積了些雪，也許過陣子就結冰。
手機突然響起，看了一眼，是暖暖。
「涼涼。」暖暖的語氣很急，「你在哪？」
『神武門外護城河旁。』我說。
「我立馬過去。」暖暖還是有些急。

『坐車吧。』我說，『不要立馬。』

「呀？」暖暖愣了愣，隨即說：「喂。」

『我知道。』我說，『妳別急，慢慢來。』

我注視護城河緩緩流動的水流，會不會當暖暖來時，護城河已結冰？

「涼涼！」暖暖叫了聲。

我回頭看著暖暖，才幾個小時不見，內心卻還是激動。

暖暖絮絮叨叨說著話，沒什麼順序和邏輯。

內容大概是她忙完回家洗澡，洗完澡就要來找我，卻睡著了。

「去飯店找不著你，我還以為你去機場搭飛機回台灣了呢。」

『沒聽妳說再見，我不會走的。』我說。

北方的冬天，天黑得快，暖暖問想去哪吃晚飯？

『吃渝菜吧。』我說。

「你不是不能吃辣？」暖暖很驚訝。

『但妳喜歡看我被辣暈。』我說，『不是嗎？』

「說啥傻話。」暖暖說，「咱們去吃地道的東北酸菜白肉鍋。」

暖暖帶我來吃的這家酸菜白肉鍋一定很東北，但我有些心不在焉。

即將來臨的離別讓我的心冰凍，無法與暖暖正常談笑。

暖暖似乎也感受到了，話漸漸變少，終於安靜了下來。

『暖暖。』我努力打破寂靜，『妳知道瑪麗姓什麼嗎？』

「呀？」暖暖似乎嚇了一跳，「瑪麗姓啥？」

『庫里斯摩斯。』我說。

「嗯？」

『因為大家都說：Merry Christmas。』

暖暖睜大眼睛看著我，過了一會才說：「辛苦你了。」

『確實很辛苦。』我說。

暖暖這時才發出一點笑聲，我也因而簡單笑了笑。

『今年妳過耶誕時，要想起這個喔。』我說。

「行。」暖暖笑了笑。

吃完飯，暖暖帶我去老舍茶館喝茶聽戲。

茶館古色古香，極力重現老北京的茶館文化。

暖暖已經訂好位，我們發現表演廳坐滿了人，而且多半是老外。

演出節目有京劇、口技、雜技、相聲、曲藝等，甚至還有中國功夫。

以前曾在電視看過變臉，現在親眼看見，眼睛還是沒演員的手快。

「我要去賣春──」台上的京劇演員拖了長長的尾音，「捲。」

我不爭氣地笑了。

離開老舍茶館，夜已深了，我和暖暖在街上走著。

不知道為什麼，像是一種默契，我們不想坐計程車，只想單純地走。

經過前門，濃黃色的投射燈照亮了這座古城樓，看起來很美。

這大概是現代科技跟古老建築的最佳結合吧。

在前門的襯托下，北京的夜有種迷人的氣質。

我和暖暖幾乎沒交談，偶爾視線相對時也只是簡單笑一笑。

我努力想著還有什麼話沒說，因為這是在北京的最後一夜了。

突然想到，去年暖暖總是嚷著或暗示想去暖暖瞧瞧，

可是這次來北京，暖暖卻不再提起要去暖暖的事。

直走廣場東側路，左手邊是天安門廣場，走到底再右轉東長安街。

『關於妳想去暖暖的事……』我說。

「我知道。」暖暖打斷我，「小欣買了一條魚，但阿麗不想煮。」

『其實我……』

「別說了，我心裡頭明白。」暖暖淺淺一笑，「你有心就夠了。」

雖然暖暖這麼說，但我還是感到內疚。

『很抱歉。』我說，『這應該只是一個小小的願望而已。』

「所謂願望這種東西，最好有些實現、有些別實現。」暖暖說。

『為什麼？』

「願望都實現了，活著還有啥味？」暖暖笑了笑。

『妳有已經實現的願望嗎？』我問。

「有呀。」暖暖說，「你現在不是在北京了嗎？」

暖暖臉上掛著滿足的笑。

我也笑了，因為來北京找暖暖也是我的願望。

寬廣的東長安街深夜車潮依然川流不息，行人像在牆角行走的螞蟻。

「給。」暖暖拿出一樣東西，我用手心接住。

是一片深紅色的樹葉，甚至帶一點紫，形狀像橢圓。

「香山的紅葉。」暖暖說，「你生日隔天，我去香山撿的。」

『這應該不是楓葉吧。』我說。

「這是黃櫨樹葉，秋天就紅了，而且霜重色越濃。」暖暖說，「你
　生日是霜降時節，紅葉最紅也最豔，剛好送你當生日禮物。」

『嗯。』我點點頭，『謝謝。』

「有人說北京的秋天最美，因為那時香山紅葉滿山遍野，比花還紅，
　像著了火似的，景色特美。」暖暖說，「所以秋天到北京最好。」

『秋天應該是回到波特曼吧。』我說。

「你還記得那首詩？」暖暖說。

『嗯。』我說，『謝謝。』

「謝啥？」

『因為妳讓我看到那首詩，也讓我喝杯紅酒。』

「是單位出的錢。」

『但心意是妳的。』

暖暖沒再說什麼，只是笑了笑。

左轉進王府井大街，商家幾乎都打烊，日間的喧鬧歸於寂靜。

想把那片紅葉收進皮夾，才剛打開皮夾，迎面而來的相片讓我出神。

「在看愛人的相片嗎？」暖暖開玩笑說。

『是啊。』我把皮夾遞給暖暖。

暖暖只看一眼便紅了臉，說：「我的相片咋會在你這兒？」
『這是去年在長城北七樓那裡，高亮拍的。』我說。

「再過幾年，興許我就不是長這樣了。」暖暖把皮夾還我。
『妳在我心裡永遠長這樣。』我說。
「說的好像以後見不著面似的。」暖暖瞪了我一眼。
『我說錯了。』我說，『我道歉。』
「我接受。」暖暖說。

台灣飯店就在眼前，只剩一條馬路的寬度，我和暖暖同時停下腳步。
將紅葉收進皮夾前，我看見紅葉背面的字。
應該是暖暖用毛筆寫的小字：明朝即長路，惜取此時心。
『妳有新的願望嗎？』我說。
「希望下次見面時，我還是長現在這樣。」暖暖說，「你呢？」
『嘿嘿。』我笑了笑。
「那我就好好活著，等願望實現。」暖暖也笑了。

暖暖揮揮手，坐上計程車，由西向東走了。
我穿越馬路，由南向北，進了飯店。
回房間把行李整理好，打開窗戶，坐在小陽台，欣賞北京最後的夜。
漸漸覺得冷了，關了窗，躺上床，等待天亮。

暖暖

天亮了。

拉好行李箱拉鍊，把機票和台胞證收進隨身的背包裡，便下樓。

check out 後，我坐在飯店大廳的沙發上，臉朝著大門。

暖暖出現了，緩緩走到我面前，停下腳步。

我站起身。

「嘿，涼涼。」暖暖說。

『嗨，暖暖。』我說。

「走唄。」暖暖說。

16.

我可以算出北京到香港、香港到台北的距離，這些<u>距離並不遠</u>；

但我跟暖暖之間最遠的距離，是台灣海峽。

那不是用長度、寬度或深度所能量測的距離。

用我將會一點一滴消逝的純粹所做成的船，

可以航行並穿越台灣海峽嗎？

暖暖又開了那輛白色車，我將行李放進後車廂，發出低沉的碰撞聲。

關上後車廂，突然覺得冷。

『原來現在是冬天。』我說。

「是呀。」暖暖說，「上車唄。」

車內的暖氣很強，才坐不到半分鐘我便脫掉外套。

再過三分鐘，我連毛線衣都脫了。

暖暖只是簡單笑笑，沒解釋為何暖氣要開這麼強，我也沒問。

二環路出奇的順暢，車子一接近路口也通常碰到綠燈。

北京似乎很歡迎我離開。

暖暖說她買了一些北京的小吃，讓我在飛機上吃。

「待會別忘了拿。」暖暖說。

我立刻收進背包裡，因為待會應該很容易忘了事。

「涼涼。」暖暖說，「跟你商量一件事好嗎？」

『嗯。』我點點頭。

「待會⋯⋯」暖暖有些吞吞吐吐，「待會到了機場，我不下車。」

『妳怕掉眼淚嗎？』

「東北姑娘在冬天是不掉眼淚的。」

『喔？』

「在零下三十度的天氣掉淚，眼淚還沒到下巴就結冰了。」暖暖說，
「那滋味不好受。」
『難怪東北女孩特別堅強。』我說。
「但夏天眼淚就掉得凶。」暖暖笑了笑，「彌補一下。」

「所以……」暖暖說，「我待會不能下車。」
『因為現在是冬天？』
「是呀。」暖暖說，「但車內暖氣挺強，像夏天。」
暖暖抓著方向盤的手有些緊，眼睛盯著前方，側面看來有些嚴肅。

『我不想看妳掉淚。』我說，『如果我再到北京，會挑冬天來。』
「又是大約在冬季？」暖暖說。
『嗯。』我說，『大的約會，果然還是得在冬季。』
「不是在此時，不知在何時，我想大約會是在冬季。」暖暖唱起來。
『是啊。』我說。
然後我和暖暖都沉默了。

窗外是機場高速公路，兩旁的樺樹已染上淡淡的白。
記得幾天前來的時候，樹木看起來是羞答答的；
現在卻是淚汪汪。
暖暖是東北女孩，像潔白挺立的白樺。
而生長在冰凍土地的白樺，原本就該堅強。
也只有白樺的堅強，才能長在這，

因為她們每天得目送那麼多人分離。

　　首都機場2號航站樓已在眼前，終點到了。
暖暖靠邊停下車，咚的一聲打開後車廂，然後說：
「自從美國發生911後安檢變嚴了，你動作要快，免得誤了班機。」
『嗯。』我穿上毛線衣和外套，打開車門，走到後車廂，提起行李。
「下次來北京，記得通知我。」暖暖的聲音從車內傳出。
『妳也一樣。』我拖著行李走到前車門，彎下身說：
『下次到台灣，記得通知我。』
「我連上次都沒有，哪來下次？」暖暖笑了。
我卻笑不出來。

　　一離開有暖氣的車子，只覺得冷。
暖暖簡單揮揮手，連一聲再見也沒說便開車走了，我覺得更冷。
即使在哈爾濱，也沒像現在一樣，覺得全身的細胞都在發抖。
拖著行李走了幾步，腦袋有些空白，全身沒了力氣。
鬆開手，背靠躺著牆壁，閉上眼睛。
開始準備接受暖暖不在了的事實。

　　這次來到北京待了四個晚上，只有兩晚在飯店，
其餘兩晚在北京往返哈爾濱的火車上。
蘇州、杭州、上海、北京、哈爾濱，我似乎總在奔波。
要見暖暖一面，三千公里只是一瞬間；要離開暖暖，一步也很遙遠。

我即將回到台灣，回到 0 與 1 的世界，跟存摺的數字搏鬥。
而深夜下班回家時突然襲來的關於暖暖的記憶，又該如何排遣？

或許我可以做些傻事，或者少些理智、多些衝動與熱情。
熱情也許不曾磨滅，但現實面的問題卻不斷挑戰我的熱情。
就像人民幣跟台幣之間存在一比四的換算公式一樣，
我試著找出熱情與現實、台灣與北京之間的換算公式。
也就是說，雖然熱情依舊，但心裡總不時浮現一個問題：
燃燒熱情產生能量足以推進的距離，夠不夠讓我接近暖暖？

我可以算出北京到香港、香港到台北的距離，這些距離並不遠；
但我跟暖暖之間最遠的距離，是台灣海峽。
那不是用長度、寬度或深度所能量測的距離。
用我將會一點一滴消逝的純粹所做成的船，
可以航行並穿越台灣海峽嗎？

台灣把另一半叫牽手；北京則叫愛人。
我將來應該會找到生命中的牽手，暖暖也會找到屬於她的愛人。
如果我們連另一半的稱呼都不同，
那麼大概很難成為彼此的另一半吧。

手機突然響了。

一看來電顯示「暖暖」，吃了一驚，趕緊按下接聽鍵。

我精神一振，叫了聲：『暖暖！』

「涼涼！」暖暖的聲音，「快來機場外頭，下雪了！」

抬起頭，天色有些灰暗，颳了點風，少許白點在風中亂飄。

『我看到了。』我說。

「咋這麼快？」

『因為我還沒走進機場。』

「呀？」

下意識四處張望，以為或許暖暖正躲著準備趁我不注意時突然現身。

但只見停止的車輛中拿出行李走進機場的人，直線移動、方向單調。

空中的雪呈弧線亂飄，落地後還不安分地走跳，似乎不甘心停止。

『妳還在開車嗎？』

「當然的呀。我還得把車開回單位去呢。」

我心一沉，地上的雪終於放棄移動。

『妳打電話來，只是為了告訴我下雪了嗎？』

「你喜歡下雪不是嗎？」暖暖說，「我想聽聽你高興的聲音。」

『我……』頓了頓，提起精神說：『很高興。』

「這是高興的聲音嗎？聽起來不像。」

『因為有些冷。』

「冷嗎？」

『嗯。』

暖暖停頓十秒後，說：「那就進去唄。凍壞了可糟。」
『我再多看會吧。』我試著擠出笑聲，『畢竟台灣看不到的。』
雪變大了，風也更強，地越來越白，身體越來越冷。
「還是進去唄。」暖暖說。

拉高衣領，縮著脖子，拿著手機的左手有些僵，右手來換班。
『我……』聲音有些抖，『可以叫妳的名字嗎？』
「你凍傻了？」暖暖笑了，「當然成。」
『暖暖、暖暖、暖暖。』
「有用嗎？」
『超級有用。』我說。
「不是瞎說的吧？」
『不。是明說。』
「又瞎說。」

『再多叫幾聲好嗎？』
「嗯。」
『暖暖、暖暖、暖暖……』
叫到第七次時，一不小心，眼睛開始濕潤，喉嚨有些哽咽，便停止。
暖暖應該發覺了，也不多說什麼。

「好點沒？」過了許久，暖暖才開口。

『嗯。』我擦擦眼角，用力吸了口冷空氣，『暖和多了。』

「這就是我名字的好處，多叫幾聲就不冷了。」

『我很感激妳父親給妳取這麼個好名字。』

「我也感激您不嫌棄。」

『妳聽過有人嫌鑽石太亮嗎？』

「這倒是沒聽過。」暖暖簡單笑了笑。

我該走了，再不辦登機手續，可能就走不了。

『暖暖，什麼時候才能再見到妳？』我說。

「你說呢？」

『也許一個月、也許一年、也許十年、也許……』

我頓了頓，硬生生把「下輩子」吞下肚。

「也許是一分鐘呢。」暖暖說。

『一分鐘？』

可能是心理作用，我隱約聽到暖暖的笑聲。

「嘿，涼涼。」

『嗯？』

「涼涼！」

我覺得聲音有些怪，倒不是暖暖音調變了，而是我好像聽到回音。

手機裡的聲音跟空氣中的回音重疊在一起，像在天壇的天心石一樣。

「涼涼！」

這次聽得更清楚了，回音壓過手機裡的聲音。

我抬起頭，暖暖白色的車子突然冒了出來，出現在我左前方十公尺。
靠近機場的車道已被佔滿，暖暖的車由左向右，緩緩穿過我眼前。
「涼涼！」暖暖搖下車窗，右手放開方向盤努力伸向車窗外，高喊：
「涼涼！再見！」
『暖暖！』彈起身，顧不得手機從手中滑落，朝她車後邊跑邊喊：
『暖暖！』
只跑了八步，便被一輛黑色轎車擋住去路。
『暖暖！』我雙手圈著嘴，大聲呼叫。

暖暖並未停車，以緩慢的車速離開我的生命。
「涼涼……」暖暖的聲音越來越遠、越遠越薄，「再見……」
我繞過黑色轎車，衝進車道拔腿狂奔，拚命追逐遠處的白影。
『暖暖！』我用盡力氣大聲喊：『我一定會帶妳去暖暖！』

我突然感到一陣莫名的悲傷。
就好像握住臨終老父的手，告訴他將來我會好好聽他的話一樣。
那只是一種根本做不到卻又想用盡生命中所有力量去遵守的承諾。
在漫天飛雪裡，視野盡是白茫茫一片，我呆立雪地，
不知道該如何呼叫暖暖？

我和暖暖都是平凡人，有單純的喜怒哀樂，
也知道幸福必須追求與掌握。
或許有少許的勇氣去面對困境，
但並沒有過人的勇氣去突破或扭轉困境。
時代的洪流會將我沖到屬於我的角落，暖暖應該也是。
我們會遙望，卻沒有游向對方的力氣，只能慢慢漂流，
直到看不見彼此。

在漂流的過程中，我將不時回頭望向我和暖暖曾短暫交會的所在。
我看清楚了，那是家餐廳，外頭招牌明顯寫著：「正宗湖北菜」。
然後我聽到暖暖的聲音。

「嘿，我叫暖暖。你呢？」

～ The End ～

後記

《暖暖》在 2007 年 10 月第一次出版，至今剛好滿九年。
故事設定的時代背景是 2003 年至 2004 年，距今更久。

我曾在初版後記裡提到，2003 或 2004 年的夏末或秋初，
我在北京街頭閒逛時，碰到一群在路旁樹蔭下談笑的兩岸大學生，
這便是創作的源頭。
但等了幾年，才在 2007 年完成這個故事。

書寫兩岸當代的故事，總是敏感又容易有爭議。
作者也難免被懷疑是否具有某種意識形態？
我也因此常被詢問統獨、藍綠、認不認同自己是台灣人的問題。
可是時代氛圍就是這樣，你只能置身其中，無法多做辯駁。
日後時代氛圍變了，故事也許就會回到故事的本身——
一個台灣學生和一個北京學生相識的故事。

《暖暖》文中的時代氛圍，
讓涼涼始終覺得台灣海峽是很難跨越的，有形和無形的遙遠距離；
也讓他始終無法答應帶暖暖去暖暖。
但書出版後才幾個月，2008 年台灣便開放大陸居民赴台灣旅遊。
於是很多人便不解涼涼到底悲觀什麼？
然而在涼涼與暖暖相識的年代，涼涼的悲觀是可以理解的。

當時代終於變了，涼涼和暖暖之間，會變嗎？
我相信，也期待，他們之間的純粹不會變。

《暖暖》共 10 萬 6 千字，寫了四個月。
寫作期間好像沒發生什麼特別的事，如果硬要找出特別之處，
大概是寫作期間我剛好處於人生第一個「失業」期。

2000 年博士班畢業後，我一直待在成大當博士後研究員。
2007 年 1 月底決定辭去博士後研究員，同時離開成大，
直到 8 月才找了份教職。
離開成大前夕，四個由大陸到成大的交換學生來找我。
他們走後，我突然想起那年在北京街頭碰到的那群學生。
兩天後，我決定動筆寫《暖暖》。

於是《暖暖》的寫作期間剛好落在 2007 年 2 月到 7 月這半年中。
或許是時間突然變多了，原本預計三萬字的暖暖竟然突破十萬字。
比起之前總是努力掌握不多的時間，這次的寫作很悠閒。

《暖暖》寫作期間，我腦海裡一直出現「純粹」這兩個字。
所以文中如果出現太多次純粹，請你不要打我。
處在那樣的時代氛圍中，人們往往會喪失內在的純粹，和勇氣。
我想保有純粹，所以我寫。

如果有天，世上的男女都能以純真的心對待彼此，
便沒有太多題材可供寫作。
到那時小說家就可以含恨而終了。
所以我還可以寫。

我以為保持純粹最簡單，但也最難。
每個人通常都不太會變，只是為了與環境妥協，
或為了某些目的與利益，於是變了，不再純粹。
但只要把自己定位清楚，那麼純粹這東西便會一直在。

看過韓劇《許浚》嗎？
《許浚》的最後一幕，是睿珍在許浚墓前說了一段話，
然後在潺潺流水中結束。
我很喜歡那段話，想將它放在心底一輩子。

> 他就像……
> 就像在地底潺潺流動的
> 清澈的水
> 在陽光下揚名立萬、風光度日
> 是件容易的事
> 困難的是默默奉獻自己

並溫柔地滋潤
　　所有乾涸的人心

許浚很清楚自己是大夫，所以就做大夫該做的事。
那麼這種純粹既簡單，也不會變。
而我是寫作者，就把故事寫好，如此而已。

或許當以後我們都閉上了眼來到九泉之下。
如果都能變成潺潺流水，然後相遇。
到那時請你再告訴我，我是否仍保有純粹吧。

蔡智恆
2016 年 10 月　於台南

國家圖書館出版品預行編目資料

暖暖(新版) / 蔡智恆作.-- 二版. -- 台北市：麥田，城邦文化出版；
家庭傳媒城邦分公司發行, 2016.11
　　面；　公分. -- (痞子蔡作品；08)

　　ISBN 978-986-344-401-5(平裝)

857.7　　　　　　　　　　　　　　　　　105019586

痞子蔡作品 08

暖暖 (新版)

作　　　者	蔡智恆	
責 任 編 輯	林秀梅　張桓瑋	

國 際 版 權	吳玲緯　蔡傳宜		
行　　　銷	艾青荷　蘇莞婷　黃家瑜		
業　　　務	李再星　陳玫潾　陳美燕　枳幸君		
副 總 編 輯	林秀梅		
編 輯 總 監	劉麗真		
總 經 理	陳逸瑛		
發 行 人	涂玉雲		

出　　　版	麥田出版 城邦文化事業股份有限公司 104台北市中山區民生東路二段141號5樓 電話：（886）2-2500-7696　傳真：（886）2-2500-1966、2500-1967 E-mail：bwps.service@cite.com.tw
發　　　行	英屬蓋曼群島商家庭傳媒股份有限公司城邦分公司 104台北市中山區民生東路二段141號2樓 書虫客服務專線：(886)2-2500-7718；2500-7719 24小時傳真服務：(886)2-2500-1990；2500-1991 服務時間：週一至週五09:30-12:00；13:30-17:00 郵撥帳號：19863813　戶名：書虫股份有限公司 讀者服務信箱E-mail：service@readingclub.com.tw 歡迎光臨城邦讀書花園　網址：www.cite.com.tw 麥田部落格：http://blog.pixnet.net/ryefield
香港發行所	城邦（香港）出版集團有限公司 香港灣仔駱克道193號東超商業中心1樓 電話：(852)2508-6231　傳真：(852)2578-9337 E-mail：hkcite@biznetvigator.com
馬新發行所	城邦(馬新)出版集團【Cite(M) Sdn. Bhd (458372U)】 41, Jalan Radin Anum, Bandar Baru Sri Petaling, 57000 Kuala Lumpur, Malaysia. 電話：(603)9057-8822　傳真：(603)9057-6622 E-mail:cite@cite.com.my
設　　　計	陳采瑩
排　　　版	宸遠彩藝有限公司
印　　　刷	沐春行銷創意有限公司

初 版 一 刷	2007年10月1日	著作權所有・翻印必究（Printed in Taiwan）
二 版 一 刷	2016年11月1日	本書如有缺頁、破損、裝訂錯誤，請寄回更換
定價／280元		
ISBN：978-986-344-401-5		

城邦讀書花園
www.cite.com.tw

e Field Publications
ivision of Cité Publishing Ltd.

英屬蓋曼群島商
家庭傳媒股份有限公司城邦分公司
104 台北市民生東路二段 141 號 5 樓

▼

請沿虛線折下裝訂，謝謝！

文學・歷史・人文・軍事・生活

Rye Field Publications

書號：RB5008X　　　書名：暖暖

讀者回函卡

cite城邦媒體

□ 請勾選：本人已詳閱上述注意事項，並同意麥田出版使用所填資料於限定用途。

姓名：＿＿＿＿＿＿＿　　　　聯絡電話：＿＿＿＿＿＿＿

聯絡地址：□□□□□＿＿＿＿

電子信箱：＿＿＿＿＿＿＿

身分證字號：＿＿＿＿＿＿＿　　　　（此即您的讀者編號）

生日：＿＿年＿＿月＿＿日　性別：□男　□女　□其他＿＿＿

職業：□軍警　□公教　□學生　□傳播業　□製造業　□金融業　□資訊業　□銷售業
　　　□其他＿＿＿

教育程度：□碩士及以上　□大學　□專科　□高中　□國中及以下

購買方式：□書店　□郵購　□其他＿＿＿

喜歡閱讀的種類：（可複選）

□文學　□商業　□軍事　□歷史　□旅遊　□藝術　□科學　□推理　□傳記　□生活、勵志
□教育、心理　□其他＿＿＿

您從何處得知本書的消息？（可複選）

□書店　□報章雜誌　□網路　□廣播　□電視　□書訊　□親友　□其他＿＿＿

本書優點：（可複選）

□內容符合期待　□文筆流暢　□具實用性　□版面、圖片、字體安排適當
□其他＿＿＿

本書缺點：（可複選）

□內容不符合期待　□文筆欠佳　□內容保守　□版面、圖片、字體安排不易閱讀　□價格偏高
□其他＿＿＿

您對我們的建議：＿＿＿＿＿＿＿